ビギナーズ・クラシックス 日本の古典

宇治拾遺物語

伊東玉美＝編

角川文庫
20553

◆はじめに◆

『宇治拾遺物語《うじしゆういものがたり》』は鎌倉《かまくら》時代前期に成立したと考えられる、編者未詳の説話集である。説話とは短編物語のことで、それに対して、中・長編物語としての『竹取物語《たけとりものがたり》』や『源氏物語《げんじものがたり》』など――いわゆるつくり物語――が存在すると考えてほしい。説話も中・長編物語も、「事実」を物語ろうとしている点で共通しており、それらの事実は、語り継がれる価値があり、だから記し残さねばならないのだ、という論理に支えられて成立している。

それならば、文学史に「説話」を立項する必要はなく、「物語」の中で扱えばよいではないかという気がするが、なぜ現在でも、別立てで扱われるのが普通なのかというと、いわゆるつくり物語とは別に、「説話」を集めて作った「説話集」が、平安《へいあん》時代中期から鎌倉時代中期頃にかけて、数多く作られたからだ。

『宇治拾遺物語』は、謎めいた序を持ち、本篇はというと、読経の名人である道命《どうみよう》阿闍梨《あじやり》と恋多き和泉式部《いずみしきぶ》が密会していたところに、思わぬ訪問者がやって来る一話から始まり、最終一九七話では、かの儒教の祖孔子《こうし》様が、大盗賊盗跖《とうせき》の生き方を変えさせようと訓示を垂れに行って怒鳴りつけられ、這々《ほうほう》の体《てい》で帰る時に、度々落馬しそうになったという、何ともお気の毒な話で終わる。『宇治拾遺物語』は単純に割り切ることのできない、この世の「理不尽」や「もやもや」をも取り込みながら、時に真剣に、時に読者の予想をはぐらかしながら、繰り広げられていく説話集である。この作品のこうした緩急のある展開と、巧みな文章は、長く読者の心をつかみ、成立以来、中世、近世、そして近現代に至るまで、人気の古典文学作品として愛読されて来た。

古典文学の名作は大なり小なりそういう性質を持っているが、『宇治拾遺物語』にも、人間はいつの時代にも変わらないものだなあ、という思いを抱かせるお話もあれば、「この話のどこが面白いのだろう」と、ちょっとした解説がないと理解しにくいものまでいろいろだ。本書では、『宇治拾遺物語』の発想や方法の特徴を、よく表していると思われる、序と三十四の逸話を選び、逐語訳ではなく、分かりやすい現代語訳と原文、それにあらすじを交えて紹介し、逸話の理解を助けるエピソードやミニ知識、作品を味わうための現代からの視点を示して行きたい。

古典文学作品は、手で写した写本、あるいは印刷された版本のスタイルで残っている。主に江戸《えど》時代に、読者の需要が見込めそうだと、出版ルートに乗って版本が出版されたわけである。『宇治拾遺物語』も、人気の古典だったので、数多くの写本と版本が残っている。本書の原文は、古い形を残すと考えられる善本、宮内庁書陵部蔵写本二冊の影印本（笠間影印叢刊所収）に基づき、読みやすいように表記を整えた。標題も同本に拠り、取り上げて解説した逸話の標題は、なるべく元の形に近い現代語訳で表した。説話番号は一話から一九七話までの通し番号で表す。

◆目　次◆

イラスト／須貝 稔（一一八頁、一六〇頁）
早川圭子（六〇頁）

◈ 序

宇治《うじ》大納言《だいなごん》物語《ものがたり》という物語《ものがたり》が世《よ》の中《なか》に知《し》られている。この大納言《だいなごん》は源《みなもとの》隆国《たかくに》という人で、西宮殿高明《にしのみやどのたかあきら》の孫《まご》、俊賢《としかた》の大納言《だいなごん》の次男《じなん》である。高齢《こうれい》になってからは、京《きょう》の夏《なつ》の暑《あつ》さをつらがって、休暇願《きゅうかねが》いを出《だ》し、五月《ごがつ》から八月《はちがつ》までは、平等院一切経蔵《びょうどういんいっさいきょうぞう》の南《みなみ》の山《やま》のそばの、南泉房《なんせんぼう》というところにこもっていらした。それで宇治大納言《うじだいなごん》と申《もう》し上《あ》げた。

そこでは、もとどりを結《ゆ》ってくにゃりと曲《ま》げただけで〈リラックスした姿《すがた》で〉、筵《むしろ》を敷《し》いただけの板《いた》の間《ま》で〈涼《すず》んでいて〉、大《おお》きな団扇《うちわ》を〈使《つか》ってあおがせなどして、近《ちか》くを行《い》き来《き》する者《もの》を〉身分《みぶん》の高下《こうげ》にかかわらず〈呼《よ》び集《あつ》め〉、昔物語《むかしものがたり》をさせなさって、自分《じぶん》は御簾《みす》の中《なか》で横《よこ》になり、語《かた》り手《て》が話《はな》すままに、大《おお》きなノートにお書《か》きになった。

この中《なか》には、インドの事《こと》もあり、中国《ちゅうごく》の事《こと》もあり、日本《にっぽん》の事《こと》もある。その中《なか》には、貴《とうと》い事《こと》も、おもしろい事《こと》も、恐《こわ》い事《こと》も、しみじみする事《こと》も、汚《きたな》い事《こと》もある。少《すこ》しは作《つく》り話《ばなし》や、気《き》の利《き》いたしゃれだけの話《はなし》もある。まさにいろいろだった。

世間《せけん》の人々《ひとびと》は、この宇治大納言物語《うじだいなごんものがたり》を楽《たの》しがって読《よ》んだ。十四帖仕立《じゅうよんじょうじた》てだった。その原本《げんぽん》は、伝《つた》わり伝《つた》わって、侍従俊貞《じじゅうとしさだ》という人《ひと》のところにあった。その後《ご》どうなったことだろう。後《のち》に、賢《かしこ》ぶった人《ひと》たちが書《か》き入《い》れたので、物語《ものがたり》が増《ふ》えた。宇治大納言 源隆国没後《うじだいなごんみなもとのたかくにぼつご》の事《こと》まで書《か》き入《い》れた本《ほん》もあった。

そんな中《なか》、現代《げんだい》にまた、宇治大納言物語《うじだいなごんものがたり》に物語《ものがたり》を書《か》き入《い》れたものが出来《でき》上《あ》がった。宇治大納言物語《うじだいなごんものがたり》に漏《も》れたのを拾《ひろ》い集《あつ》め、隆国没後《たかくにぼつご》の物語《ものがたり》も書《か》き集《あつ》めたものだ。名《な》を宇治拾遺《うじしゅうい》の物語《ものがたり》という。

宇治大納言物語《うじだいなごんものがたり》に入《はい》っていないものを拾《ひろ》った、という意味《いみ》でつけた書名《しょめい》だろうか。また、侍従《じじゅう》の中国風《ちゅうごくふう》の呼《よ》び名《な》を拾遺《しゅうい》というので、侍従大納言《じじゅうだいなごん》がいらっしゃるのにならって、〈　　　〉というのだろうか。分《わ》からない。

〈　　　〉なのだろうか、はっきりしない。

❖世《よ》に、宇治《うぢ》大納言《だいなごん》物語《ものがたり》といふ物《もの》あり。この大納言《だいなごん》は、隆国《たかくに》といふ人《ひと》なり。西宮《にしのみや》殿《どの》高明《たかあきら》なりの孫《むまご》、俊賢大納言《としかたのだいなごん》の第二《だいに》の男《なん》なり。年高《としたか》うなりては、暑《あつ》さをわびて、暇《いとま》を申《まう》して、五月《さつき》より八月《はづき》までは、平等院一切経蔵《びやうどうゐんいつさいきやうざう》の南《みなみ》の山《やま》ぎはに、南泉房《なんせんばう》といふ所《ところ》に、こもりゐられけり。さて、宇治大納言《うぢだいなごん》とはきこえけり。

もとどりを結《ゆ》ひわげて、〈をかしげなる姿《すがた》にて〉、筵《むしろ》を板《いた》にしきて〈涼《すず》みゐ侍《はべ》りて〉、大《おほ》きなる打輪《うちわ》を〈もてあふがせなどして、往来《ゆきき》の者《もの》〉、上中下《かみなかしも》をいはず〈呼《よ》び集《あつ》め〉、昔物語《むかしものがたり》をせさせて、我《われ》は内《うち》にそひ臥《ふ》して、語《かた》るにしたがひて、大《おほ》きなる双《さう》紙《し》に書《か》かれけり。

天竺《てんぢく》の事《こと》もあり。大唐《だいたう》の事《こと》もあり。日本《にほん》の事《こと》もあり。それがうちに、貴《たふと》き事《こと》もあり。をかしき事《こと》もあり。恐《おそ》ろしき事《こと》もあり。あはれなる事《こと》もあり。きたなき事《こと》もあり。少々《せうせう》は空物語《そらものがたり》もあり。利口《りこう》なる事《こと》もあり。さまざまなり。

世《よ》の人《ひと》、これを興《きよう》じ見《み》る。十四帖《じふよんでふ》なり。その正本《しやうほん》は、伝《つた》はりて、侍従俊貞《じじゆうとしさだ》といひし人《ひと》のもとにぞありける。いかになりにけるにか。後《のち》に、さかしき人々《ひとびと》、書《か》き入《い》れたるあひだ、物語多《ものがたりおほ》くなれり。大納言《だいなごん》より後《のち》の事《こと》、書《か》き入《い》れたる本《ほん》もあるにこそ。さるほどに、今《いま》の世《よ》にまた、物語書《ものがたりか》き入《い》れたる、出《い》で来《き》たれり。大納言《だいなごん》の物語《ものがたり》にもれたるを拾《ひろ》ひ集《あつ》め、また、その後《のち》の事《こと》など書《か》き集《あつ》めたるなるべし。名《な》を宇治拾遺《うぢしふゐ》の物語《ものがたり》といふ。

宇治《うぢ》に遺《のこ》れるを拾《ひろ》ふとつけたるにや。また、侍従《じじゆう》を拾遺《しふゐ》といへば、〔侍従大納言《じじゆうだいなごん》侍《はべ》るをまなびて、〈　〉といふこと、知《し》りがたし。〈　〉にやおぼつかなし。」

✽序の前半部分、古い形を残している写本《しやほん》には、〈　〉で示した部分に複数の空白があるが、江戸時代の版本《はんぽん》では、出版元が補ったと想像される字句《じく》が存在している(一五頁図版参照)。本書では、参考までにそれらの箇所に版本の字句を掲出《けいしゆつ》し、現代語訳にも反映させた。

　また、最後の段落でも、写本には〈　〉で示した二箇所の空白があるが、版本では〔　〕の部分を「宇治拾遺物語といへるにや。差別《しやべつ》知りがたし。おぼつかなし」として文章を改め、やはり空白がないようにしている。

写本に見られるこうした空白は、普通、そこが虫に食われた結果と想像されるが、よく見るとこの虫はかなり学があるらしく、文節の区切れ目毎に食べるのを止めている。どうやらこの空白、虫食いを装った、初めからの空白ではないかと疑われるのである。

またこの序は、最後になって、急に「分からない」「はっきりしない」と言い始める。途中「宇治《うじ》大納《だいな》言物語《ごんものがたり》に漏れたのを拾い集め」と言っていたのだから、当然「拾《しゅう》遺《い》」の意味は『拾遺和《しゅういわ》歌集《かしゅう》』などと同様、「遺《のこ》りを拾った」の意味だと思いきや、突然「侍従の別名は拾遺で、侍従大納《じじゅうだいな》言《ごん》がいらっしゃるのにならって」という、別の説が加わる。「宇治の大納言の、拾遺俊貞《としさだ》のもとにあった物語」という意味だとでもいうのだろうか。

このように、序はいかにも釈然としない部分を多く抱えて終わってしまうのだが、前半は、本当らしい内容から成り立っている。『宇治大納言物語』という作品は、現在、まとまった本の形では残っていないが、いろいろな作品や資料の中に、『宇治大納言物語』からの引用が見られ、実在の物語であったと考えられる。源隆国《みなもとのたかくに》（一〇〇四～七七）についての系譜も正しく記されている。宇治《うじ》での隆国の様子は、他の作

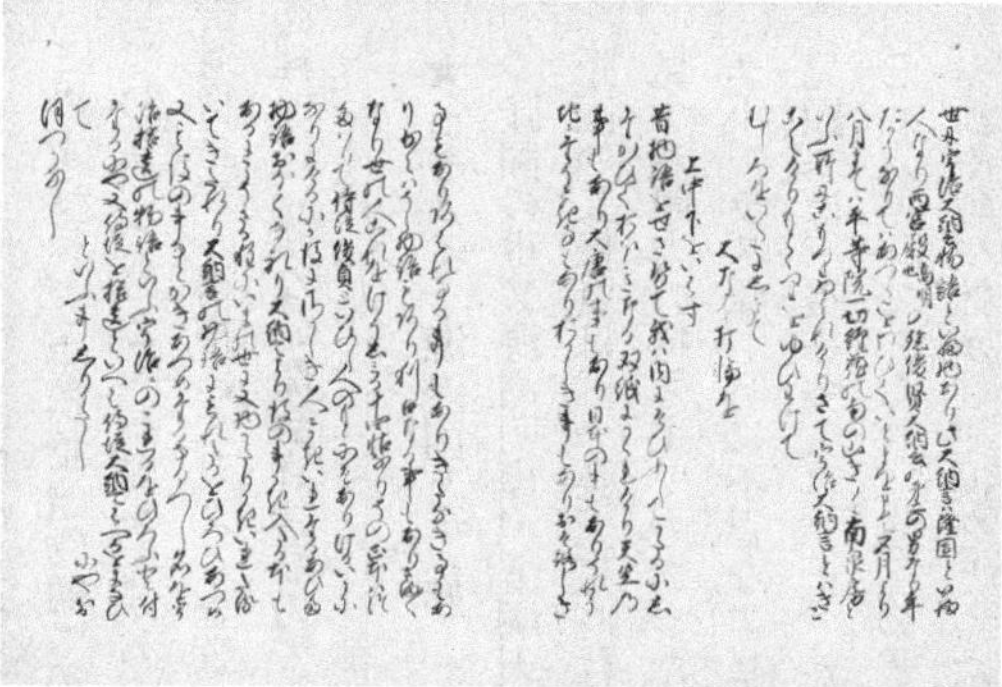

御所本　うち拾遺物語（写本／宮内庁書陵部所蔵）序　6～9行目と25行目に空白がある

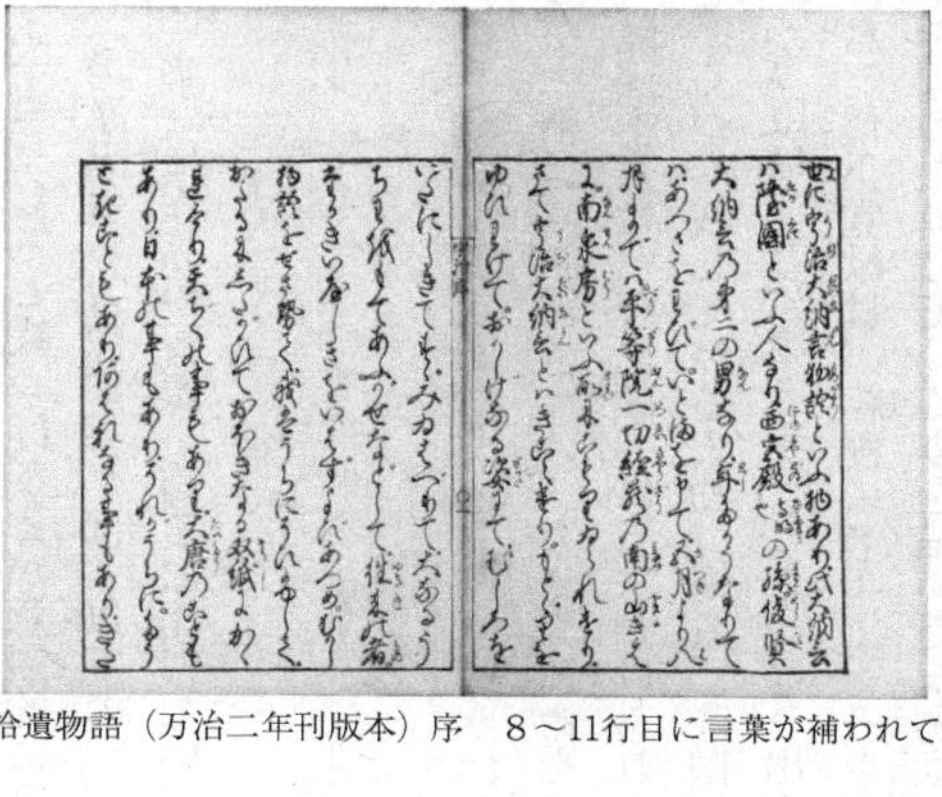

宇治拾遺物語（万治二年刊版本）序　8～11行目に言葉が補われている

品や資料に類例があり、いかにも本当らしい内容に満ちている。また「侍従俊貞」と思われる人物も、源隆国の玄孫《やしやご》――曾孫《ひまご》の子――に実在した（久保田淳）。

このように、『宇治拾遺物語』の序には、本当らしさと嘘っぽさとが意図的に混在しており、このような虚々実々の序の性格（島津忠夫・吉田幸一）は、以下の『宇治拾遺物語』の精神に大変よく合致している。まさに作品の冒頭を飾るに相応しい、一筋縄ではいかない開会宣言なのである。

★コラム① 源隆国と一族

隆国の祖父源高明《たかあきら》は、醍醐《だいご》天皇の皇子で、安和《あんな》の変で藤原《ふじわら》氏に失脚させられた。隆国の父俊賢《としかた》は、一条《いちじょう》天皇時代の傑出した大納言「四納言《しなごん》」の一人で、運命を予見する眼力の持ち主でもあったという。隆国本人は、藤原頼通《よりみち》に目をかけられ、ユーモラスな、時に不逞《ふてい》なエピソードをいくつも残している人物である。隆国の兄顕基《あきもと》は、後一条《ごいちじょう》天皇が亡くなった後、「忠臣は二君に事《つか》えず」ときっぱり出家した人として知られ、隆国の子の一人、鳥羽僧正覚猷《とばそうじょうかくゆう》は、絵画の名手で、うさぎや狐や猿や蛙が、相撲をとったり、法事を行ったりしている姿を描いた『鳥獣戯画《ちょうじゅうぎが》』の作者ではないかと伝えられている。

◈一話「道命阿闍梨《どうみょうあじゃり》が和泉式部《いずみしきぶ》のもとで読経《どきょう》し、五条《ごじょう》の道祖神《どうそじん》が聴聞《ちょうもん》した話《はなし》」

今《いま》は昔《むかし》、道命阿闍梨《どうみょうあじゃり》（阿闍梨《あじゃり》は僧《そう》の職位《しょくい》）といって、傅殿《ふどの》（傅《ふ》はめのと）藤原道綱《ふじわらのみちつな》の子に、好色《こうしょく》な僧《そう》がいた。和泉式部《いずみしきぶ》と恋仲《こいなか》だった。『法華経《ほけきょう》』を見事《みごと》に読《よ》んだ。その道命《どうみょう》が、ある日《ひ》、和泉式部《いずみしきぶ》のところに行《い》って過《す》ごしており、夜中《よなか》に目覚《めざ》めて、『法華経《ほけきょう》』を、心《こころ》を澄《す》まして読《よ》んでいると、八巻全部《はちかんぜんぶ》読《よ》み終《お》えて、明《あ》け方《がた》にまどろもうかという時分《じぶん》に、人《ひと》の気配《けはい》がしたので、「おまえは誰《だれ》だ」とたずねると、「私《わたし》は五条西洞院《ごじょうにしのとういん》のあたりにおります翁《おきな》でございます」と答《こた》えるので、「いったい何事《なにごと》か」と道命《どうみょう》が言《い》うと、「あなた様《さま》の読経《どきょう》を今晩拝聴《こんばんはいちょう》した事《こと》は、この先何度《さきなんど》生《う》まれかわっても、忘《わす》れられない事《こと》でございます」と言《い》う。道命《どうみょう》が「『法華経《ほけきょう》』を読《よ》み申《もう》し上《あ》げる事《こと》はいつもの事《こと》なのに、なぜ今夜《こんや》に限《かぎ》ってそのようにおっしゃるのか」

と言《い》うと、五条《ごじよう》の道祖神《どうそじん》は、「身《み》をお清《きよ》めになってお読《よ》み申《もう》し上《あ》げる時《とき》は、梵天《ぼんてん》・帝釈天《たいしやくてん》など高位《こうい》の神仏《しんぶつ》がいらしてお聞《き》きになっているので、私《わたし》などは近付《ちかづ》いて拝聴《はいちよう》することなどできません。今夜《こんや》は行水《ぎようずい》もなさらずにお読《よ》みになったので、梵天《ぼんてん》・帝釈天《たいしやくてん》もいらっしゃらず、その隙《すき》に私《わたし》は近付《ちかづ》いて、あなたの読経《どきよう》を拝聴《はいちよう》できましたことが、忘《わす》れられないということなのです」とおっしゃった。

だから、ちょっと読《よ》み申《もう》し上《あ》げるだけでも、読経《どきよう》の際《さい》は身《み》を清《きよ》めて読《よ》み申《もう》し上《あ》げるべきなのだ。「念仏《ねんぶつ》、読経《どきよう》の時《とき》、戒律《かいりつ》を破《やぶ》ってはいけない」と恵《え》心僧都《しんそうず》源信《げんしん》もおっしゃっているのだから。

❖今《いま》は昔《むかし》、道命阿闍梨《だうみやうあじやり》とて、傅殿《ふどの》の子《こ》に、色《いろ》にふけりたる僧《そう》ありけり。和泉式部《いづみしきぶ》に通《かよ》ひけり。経《きやう》を目出《めで》たく読《よ》みけり。それが和泉式部《いづみしきぶ》がり行《ゆ》きて、臥《ふ》したりけるに、目《め》さめて、経《きやう》を、心《こころ》を澄《す》まして読《よ》みけるほどに、八巻《やまきよ》読みはてて、暁《あかつき》にまどろまんとするほどに、人《ひと》の気配《けはひ》のしければ、「あれはたれぞ」と問《と》ひければ、「おのれは、五条西洞院《ごでうにしのとうゐん》の辺《ほとり》に候《さうら》ふ翁《おきな》に候《さうら》ふ」と答《こた》へければ、「こは何事《なにごと》ぞ」と道命《だうみやう》言《い》ひければ、「この御経《おんきやう》をこよひ承《うけたまは》りぬる事《こと》の、世々生々《せぜしやうじやう》、忘《わす》れがたく候《さうら》ふ」と言《い》ひければ、道命《だうみやう》、「法花経《ほけきやう》を読《よ》み奉《たてまつ》る事《こと》は、常《つね》の事《こと》なり。など、こよひしも言《い》はるるぞ」と言《い》ひければ、五条《ごでう》の斎《さい》いはく、「清《きよ》くて読《よ》み参《まゐ》らせ給《たま》ふ時《とき》は、梵天《ぼんてん》、帝釈《たいしやく》をはじめ奉《たてまつ》りて、聴聞《ちやうもん》せさせ給《たま》へば、翁《おきな》などは近《ちか》づき参《まゐ》りて、承《うけたまは》るに及《およ》び候《さうら》はず。こよひは御行水《おんぎやうずゐ》も候《さうら》はで、読《よ》み奉《たてまつ》らせ給《たま》へば、梵天《ぼんてん》、帝釈《たいしやく》も御聴聞《ごちやうもん》候《さうら》はぬひまにて、翁《おきな》、参《まゐ》り寄《よ》りて、承《うけたまは》り候《さうら》ひぬる事《こと》の、忘《わす》れがたく候《さうら》ふなり」とのたまひけり。

　されば、はかなく、さは読《よ》み奉《たてまつ》るとも、清《きよ》くて読《よ》み奉《たてまつ》るべき事《こと》なり。「念仏《ねんぶつ》、読《ど》経《きやう》、四威儀《しゐぎ》をやぶる事《こと》なかれ」と恵心《ゑしん》の御房《ごばう》もいましめ給《たま》ふにこそ。

✿一話には、破戒僧といってよい状態の道命阿闍梨《どうみようあじやり》が、恋人和泉式部《いずみしきぶ》と登場する。名歌人の二人の恋仲は、説話では有名で、ちょっときわどい和歌なども残しているが、本話の和泉式部は、ただ点描されるだけの贅沢《ぜいたく》な使い方である。

　道命は傅殿藤原道綱《ふどのふじわらのみちつな》（兼家《かねいえ》の子で道長《みちなが》の兄。母は『蜻蛉日記《かげろうにつき》』作者。皇太子時代の三条《さんじよう》天皇の傅《めのと》だった）の子。読経の名手で、音楽性豊かな読経道《どきようどう》の祖とされる（柴佳世乃)。恋人和泉式部も名歌人として知られ、『百人一首《ひゃくにんいっしゅ》』「あらざらむこの世のほかの思ひ出《で》に」の作者。『百人一首』「大江山生野《おおえやまいくの》の道の遠ければ」の作者小式部内侍《こしきぶのないし》は、橘道貞《たちばなのみちさだ》との間の娘。恋多き女性で、敦道《あつみち》親王との恋は『和泉式部日記《いずみしきぶにっき》』に詳しい。

道祖神《どうそじん》は、旅の神、村を疫病から守る神、あるいは生殖の神として崇《あが》められる、身分の低い神。男女一対の像で表されることもあり、生殖の神として、男性性器の形で象《かたど》られることもあった。その道祖神の言葉を聞いた時の道命は、どういう気持ちだったろう。仮りにも神様から、生まれ変わり死に変わりしても、とうてい忘れられないほどのあなたの読経の声だ、と言われるとは、やはり名誉なことに違いない。そして、神仏はいつも聴聞にいらしていて、今晩の道命と和泉式部との密会もご存じなのである。僧侶である道命はきっと気まずく、面目ない気分だったことだろう。

「結局この説話が言いたいのは、潔斎が大事、ということなのかなあ」と、分かったような、分からないような気持ちになる。道命は、今回穢《けが》れた身で読経したおかげで、道祖神からこれらのことを教えてもらうこともできたのだ。まるで読者のその思いに答えるかのように、『宇治拾遺物語』の編者は、かの有名な『往生要集《おうじようようしゅう》』の作者でもある恵心僧都源信《えしんそうずげんしん》の権威を持ち出し、自分の解釈を補強して語り終えるのである。しかし、いくら権威ある人の言葉であっても、説話に合致するかどうかは別問題である。道命と共に和泉式部が出て来たと思ったら、話の中心は、身分の低いおじいさん姿の神様で、その口から、もったいなくも面映《おもは》ゆくもある話を聞く――『宇治拾遺物語』はこのような、複雑な味わいの説話からスタートするのである。

◈二話「丹波《たんば》の国篠村《くにしのむら》に平茸《ひらたけ》が生《は》えた話《はなし》」

　これも今《いま》は昔《むかし》、丹波《たんば》の国篠村《くにしのむら》〈現京都府亀岡市《げんきょうとふかめおかし》〉というところに、長年《ながねん》平茸《ひらたけ》がやたら多《おお》く生《は》えた。土地《とち》の人《ひと》は、これを取《と》って、人《ひと》にも贈《おく》り、自分《じぶん》も食《た》べなどして過《す》ごしていたが、ある年《とし》、その村《むら》の中心人物《ちゅうしんじんぶつ》の夢《ゆめ》に、髪《かみ》が少《すこ》し伸《の》びた法師《ほうし》たちが二《に》、三十人出《さんじゅうにんで》て来《き》て、「申《もう》し上《あ》げることがございます」と言《い》う。「どういうお方ですか」と尋《たず》ねると、「私共法師《わたしどもほうし》たちは長年《ながねん》ここで奉公《ほうこう》しておりましたが、この村《むら》との縁《えん》が尽《つ》きて、他所《よそ》へ引《ひ》っ越《こ》します事《こと》が、残念《ざんねん》でもございます。また、事情《じじょう》を申《もう》し上《あ》げないでいなくなるのは無礼《ぶれい》だと思《おも》い、それを申《もう》し上《あ》げに来《き》ました」と言《い》っているところではっと目覚《めざ》め、「これはどういうことだ」と妻《つま》や子《こ》に語《かた》ったが、そのうち、村《むら》の他《ほか》の人《ひと》も、「同《おな》じように夢《ゆめ》を見《み》た」と、多数《たすう》が同《おな》じように言《い》い合《あ》ったので、腑《ふ》に落《お》ちないままその年《とし》は暮《く》れた。

翌年《よくねん》、九月《くがつ》、十月頃《じゅうがつごろ》、例年《れいねん》ならきのこが生《は》えて来《く》る時分《じぶん》なので、山《やま》に入《はい》って探《さが》したが、きのこはまるで見《み》つからない。「どうしたことか」と村《むら》の皆《みな》が思《おも》ってすごしていたところ、今《いま》は亡《な》き仲胤僧都《ちゅういんそうず》という説法《せっぽう》の名手《めいしゅ》が、これを聞《き》いて「これはどうしたことだろう。名誉《めいよ》や利益《りえき》を求《もと》めて説法《せっぽう》すると、平茸《ひらたけ》に生《う》まれる、ということはあるのだが」とおっしゃった。

だから、とにもかくにも、平茸《ひらたけ》は食《た》べなくても困《こま》らないものなのだから、食《た》べないに越《こ》したことはないのである。

❖これも今《いま》は昔《むかし》、丹波《たんば》の国篠村《くにしのむら》といふ所《ところ》に、年《とし》ごろ、平茸《ひらたけ》やるかたもなく多《おほ》かりけり。里村《さとむら》の者《もの》、これを採《と》りて、人《ひと》にも心《こころ》ざし、また我《われ》も食《く》ひなどして、年《とし》ごろ過《す》ぐるほどに、その里《さと》にとりて、むねとある者《もの》の夢《ゆめ》に、頭《かしら》をつかみなる法師《ほふし》どもの、二《に》、三十人《さんじふにん》ばかり出《い》で来《き》て「申《まう》すべき事候《ことさうら》ふ」と言《い》ひければ、「いかなる人《ひと》ぞ」と問《と》ふに、「この法師《ほふし》ばらは、この年《とし》ごろ候《さうら》ひて、宮《みや》づかひよくして候《さうら》ひつるが、この里《さと》の縁尽《えんつ》きて、いまはよそへまかりなんずる事《こと》の、かつはあはれにも候《さうら》ふ。また、事《こと》のよしを申《まう》さではと思《おも》ひて、このよしを申《まう》すなり」と言《い》ふと見《み》て、うちおどろきて、「こは何事《なにごと》ぞ」と、妻《つま》や子《こ》やなどに語《かた》るほどに、また、その里《さと》の人《ひと》の夢《ゆめ》にも、「この定《ぢやう》に見《み》えたり」とて、あまた同様《どうやう》に語《かた》れば、心《こころ》も得《え》で、年《とし》も暮《く》れぬ。

さて、次《つぎ》の年《とし》の九《く》、十月《じふぐわつ》にもなりぬるに、さきざき出《い》で来《く》るほどなれば、山《やま》に入《い》りて、茸《たけ》を求《もと》むるに、すべて、蔬《くさびら》おほかた見《み》えず。「いかなる事《こと》にか」と、里国《さとくに》の者思《ものおも》ひて過《す》ぐるほどに、故《こ》仲胤僧都《ちゆういんそうづ》とて、説法《せつぽふ》ならびなき人《ひと》いましけり。この事《こと》を聞《き》きて、「こはいかに。不浄説法《ふじやうせつぽふ》する法師《ほふし》、平茸《ひらたけ》に生《む》まる、といふ事《こと》のあるものを」とのたまひてけり。

されば、いかにもいかにも、平茸《ひらたけ》は食《く》はざらんに、事欠《ことか》くまじきものなりとぞ。

✤ 第一話の冒頭は「今は昔」だったが、第二話は「これも今は昔」。『宇治拾遺物語』の各話の冒頭は、このいずれかであることがほとんどで、それぞれの冒頭語を持つ説話を詳しく調べてみると、大体、宇治大納言源隆国《うじだいなごんみなもとのたかくに》の没年を境に使い分けられ、冒頭の言い回しは、その説話が基づいた資料（典拠）の区別を示しているらしい（山岡敬和）。また、「今は昔」の意味についても、諸説が存在しているが、本書では、「今

宇治拾遺物語絵巻（陽明文庫蔵）より

となっては昔のこと」と理解し、現代語訳では原文のまま記す。

さて、村の中心人物から始まって、多くの人が法師の夢を見る。村人が不思議だなあと語り合っていたところに、翌年は平茸《ひらたけ》が全く生《は》えなくなる。妙なことは続くものだと思っていた村人は、仲胤《ちゅういん》のことばを聞いた瞬間、見えない因果関係を、即座に悟ったと思われる。「あのおつかみの僧たちは平茸、というより、平茸の正体は、前世で僧だった者たちで、私たちは長年、坊様たちをぱくぱく食べていたようなものなのだ」と。篠村《しのむら》の人々が見た夢は平茸になった僧たちの引っ越しの挨拶《あいさつ》だったらしい。類話から想像すると、前世で何か罪を犯し、この地で平茸となって、生えては誰かに食べられることで、罪滅ぼしをしていたようだ。

仲胤は比《ひ》叡山延暦寺《えいざんえんりゃくじ》の僧で、ユーモアあふれる、説法（仏典や漢籍などを引用しながら華麗な文体で繰り広げる仏法の話）の名手。その様子は、八〇話「仲胤僧都《そうず》、地主権現《じしゅごんげん》説法の事」や一八二話「仲胤僧都、連歌の事」などからも知られる。しかし、本話で仲胤が言っているのと同様の記事は、確かに仏教書に見え、冗談でなかったことが確かめられる。「平茸」は現在の「本しめじ」と考えられており、美味で人気のある高級食材で、さながら現代の松茸《まつたけ》のようだったらしい。貪欲《どんよく》な信濃《しなの》の守藤原陳忠《かみふじわらののぶただ》が、谷底に落ちた際見過ごすことができずに抱えて上がってきたのも平茸だった（『今昔物語集《こんじゃくものがたりしゅう》』）。

また平茸は、猛毒のきのこ和太利《わたり》と、形が似ていることも、同時代の常識だった。だから「平茸はよき武者《むさ》にこそ似たりけれおそろしながらさすが見まほし」（平茸は立派な武士とよく似ている。怖いけれどそれでも見たい／食べたい）などという和歌も作られた（『古今著聞集《ここんちょもんじゅう》』）。

末尾のことばは、「もともと、似た毒きのこがあって危険なものだから、この際きっぱりやめておきましょう、平茸を食べるのは。その上、何かの生まれ変わりだったりしてもいけませんし」という意味で、一方では毒きのこ注意の処世訓めかして終わるのである。

このように、第一話では権威ある恵心《えしん》僧都源信《げんしん》の言葉が、釈然としない思いと共に響き、第二話では、仲胤僧都が何気なく言ったことが、人々に甚大な心理的影響を与えてしまう――「はぐらかし」や「ずれ」や「対比」をたのしむこうした傾向は、以下、『宇治拾遺物語』の全体を通して頻繁に見られるのである。

◈三話「鬼《おに》にこぶをとられた話《はなし》」

右《みぎ》の顔《かお》に、夏《なつ》みかん大《だい》のこぶのある翁《おきな》がいて、世間《せけん》づきあいがしにくいので、山《やま》で薪《たきぎ》を拾《ひろ》って生活《せいかつ》していた。ある日《ひ》、山《やま》で嵐《あらし》に合《あ》い、木《き》のうつほ（空洞）でじっとかがまっていると、遠《とお》くからたくさんの人《ひと》が、がやがやとやって来《く》る声《こえ》がする。ようやく生《い》きた心地《ここち》がしたのもつかのま、見《み》るとそれはいろいろな姿《すがた》の鬼《おに》。百人《ひゃくにん》ほどがひしめきあって、煌々《こうこう》と明《あ》かりをともし、今《いま》、翁《おきな》がかがまっている、うつほ木《ぎ》の前《まえ》に座《すわ》る。リーダーらしき鬼《おに》が主賓《しゅひん》の席《せき》に座《すわ》っている。その両側二列《りょうがわにれつ》に並《なら》んだ鬼《おに》は数《かぞ》えきれない。宴会《えんかい》の仕方《しかた》は人間《にんげん》と変《か》わるところがなく、杯《さかずき》がめぐって、拍子《ひょうし》を取《と》りながら、順《じゅん》に踊《おど》り上手《じょうず》が踊《おど》っていくが、隠《かく》れていたこぶのある翁《おきな》は、いいリズムにつられて、危険《きけん》も顧《かえり》みず踊《おど》り出《で》て、見事《みごと》な舞《まい》で満座《まんざ》を感嘆《かんたん》させる。

横座《よこざ》の鬼《おに》は、「長年《ながねん》この宴《うたげ》をしていて、おまえほどの舞《まい》の名手《めいしゅ》に会《あ》ったことがない。これからも、翁《おきな》よ、この集《あつ》まりに必《かなら》ず来《く》るように」と言《い》う。

翁《おきな》は「申《もう》すまでもございません。必《かなら》ず参上《さんじょう》します。今回《こんかい》は急《きゅう》なことで、舞《ま》い収《おさ》めの部分《ぶぶん》のふりも忘《わす》れました。またこういう機会《きかい》がありました時《とき》には、今度《こんど》は心閑《こころしず》かに踊《おど》り上《あ》げましょう」と言《い》う。

❖横座《よこざ》の鬼《おに》のいはく、「多《おほ》くの年《とし》ごろ、この遊《あそ》びをしつれども、いまだかかる者《もの》にこそ会《あ》はざりつれ。今《いま》よりこの翁《おきな》、かやうの御遊《おんあそ》びに必《かなら》ず参《まゐ》れ」と言《い》ふ。翁申《おきなまう》すやう、「沙汰《さた》に及《およ》び候《さうら》はず。参《まゐ》り候《さうら》ふべし。このたびはにはかにて、をさめの手《て》も忘《わす》れ候《さうら》ひにたり。かやうに御覧《ごらん》にかなひ候《さうら》はば、しづかにつかうまつり候《さうら》はん」と言《い》ふ。

翁《おきな》の返事《へんじ》はまことに如才《じょさい》ない。奥《おく》から三番目《さんばんめ》に座《すわ》っていた知恵者《ちえしゃ》らしい鬼《おに》が「何《なに》か約束《やくそく》の実行《じっこう》を証立《あかしだ》てるものを取《と》っておくべきではないか」と言《い》ったので、鬼《おに》たちはさんざん話《はな》し合《あ》い、横座《よこざ》の鬼《おに》が「こぶは福《ふく》のものと言《い》うから、こぶを取《と》っておこう」と言《い》う。翁《おきな》は「目鼻《めはな》は取《と》られても、このこぶだけはお許《ゆる》し下《くだ》さい」と言《い》う。「これほど惜《お》しがるものなのだ。まさにそのこぶを質《しち》に取《と》れ」ということで、鬼《おに》が近付《ちかづ》いてきて「では取《と》るぞ」と言《い》って、ねじって引《ひ》っ張《ぱ》ると、全《まった》く痛《いた》みも感《かん》じずこぶは取《と》れた。

夜明《よあ》け前《まえ》に宴会《えんかい》はお開《ひら》きになり、翁《おきな》が顔《かお》をさぐると、長年《ながねん》のこぶが跡形《あとかた》もなくなっている。家《いえ》に帰《かえ》り、おばあさんと、驚《おどろ》きあきれたことだと語《かた》り合《あ》う。この翁《おきな》の隣《となり》には、左《ひだり》の顔《かお》に大《おお》きなこぶのある翁《おきな》が住《す》んでいて、初《はじ》めの翁《おきな》のこぶがきれいさっぱりなくなっているのを見《み》て「どうやって取《と》ったのか。どこの医者《いしゃ》に行《い》ったのだ。どうか教《おし》えて下《くだ》さい」と言《い》う。詳《くわ》しい事情《じじょう》を教《おし》えてもらった二番目《にばんめ》の翁《おきな》は山《やま》に向《む》かう。

隣《となり》の翁《おきな》が、言《い》われた通《とお》り山中《さんちゅう》の木《き》のうつほに隠《かく》れて待《ま》っていると、たしかに教《おし》えられた通《とお》り、鬼《おに》たちがやって来《き》て、木《き》を囲《かこ》んで座《すわ》り、酒《さけ》を飲《の》んで宴《うたげ》を始《はじ》め、「どこだ、翁《おきな》は来《き》ているか」というので、隣《となり》の翁《おきな》は、恐《おそ》ろしいとは思《おも》いながら、名乗《なの》り出《で》たので、周《まわ》りの鬼《おに》たちは「ここに翁《おきな》が参《まい》っております」と言《い》う。横座《よこざ》の鬼《おに》が「こちらへ来《き》て、早速舞《さっそくま》え」と言《い》うので舞《ま》うが、初《はじ》めの翁《おきな》と違《ちが》い、舞《まい》のセンスもなく、ただもたもたと踊《おど》ったので、横《よこ》座《ざ》の鬼《おに》は「今回《こんかい》はよくない。かえすがえすよくない。あの取《と》っておいた質《しち》のこぶを、返《かえ》してやれ」と言《い》い、下座《しもざ》から出《で》て来《き》た鬼《おに》が「質《しち》のこぶを返《かえ》してやるぞ」と言《い》って、もう一方《いっぽう》の頰《ほお》に投《な》げつけたので、隣《となり》の翁《おきな》は左右《さゆう》にこぶのついた翁《おきな》になってしまった。

「人《ひと》をうらやんではいけない」のだとさ。

❖この翁《おきな》、言《い》ふままにして、その木《き》のうつほに入《い》りて待《ま》ちければ、まことに聞《き》くやうにして、鬼《おに》ども出《い》で来《き》たり。居《ゐ》まはりて、酒《さけの》飲《の》み遊《あそ》びて、「いづら、翁《おきな》は参《まゐ》りたるか」と言《い》ひければ、この翁《おきな》、恐《おそ》ろしと思《おも》ひながら、ゆるぎ出《い》でたれば、鬼《おに》ども、「ここに翁参《おきなまゐ》りて候《さうら》ふ」と申《まう》せば、横座《よこざ》の鬼《おに》、「こち参《まゐ》れ。とく舞《ま》へ」と言《い》へば、前《さき》の翁《おきな》よりは、天骨《てんこつ》もなく、おろおろかなでたりければ、横座《よこざ》の鬼《おに》、「このたびは、悪《わろ》く舞《ま》ひたり。かへすがへす悪《わろ》し。その取《と》りたりし質《しち》のこぶ、返《かへ》したべ」と言《い》ひければ、末《すゑ》つ方《かた》より鬼《おにい》出《い》で来《き》て、「質《しち》のこぶ、返《かへ》したぶぞ」とて、いま片方《かたかた》の顔《かほ》になげつけたりければ、うらうへにこぶつきたる翁《おきな》にこそなりたりけれ。

ものうらやみは、すまじき事《こと》なりとか。

✤民話で有名な「こぶとりじいさん」の話である。『宇治拾遺物語』の隣の翁《おきな》は、特段人柄が悪いわけではなく、いわゆる勧善懲悪《かんぜんちょうあく》タイプの話にはなっていない。むしろ、初めの翁はまんまと鬼をその気にさせる、目端《めはし》の利いたおじいさんだった。今回の隣同士の翁の身の上に、これほど大きな差を生んだのは何かというと、それは踊りの才能だった。踊りがうまくなければ二番目の翁の成功はそもそも望めなかったわけだが、長年悩んで来たこぶを取りたい一心での行動である。

　こぶとり説話は『宇治拾遺物語』とほぼ同時代頃の成立と考えられる教訓書、『五《ご》常内義抄《じょうないぎしょう》』にも記されている。「人の言ったことを鵜《う》呑《の》みにして、すぐに行動してはいけない。後で後悔することがある」と始まる『五常内義抄』の説話では、主人公は額にこぶのある法師で、隠れていても見付けられてしまうから、とやぶれかぶれで天《てん》狗《ぐ》の踊りに参加し、踊りのうまさに感嘆《かんたん》される。天狗は迷うことなくこぶを質に取る。隣里に住む、額にこぶのある入道が、一番目の法師の噂だけ聞き、一も二もなく同じ場所に行くが、天狗に「よく約束をたがえずに来た」と言われ、踊りと関係なく、質のこぶを付けられてしまう。『宇治拾遺物語』でこぶを返される場面にもう一度注意してみると、鬼が「こぶを返す」と言ったのは、また来てこの舞を舞われたら、宴会が台無しになるような、二度と見たくない、辛気《しんき》くさい舞だったからと考えられる。鬼に「お願いだからもう来ないでくれ」と頼まれるほど下手な舞とはどんな舞だったのか、見てみたくなるところだが、それほど下手な踊りでは、隣の翁の不運も仕方がないというべきか……。人生のあやにくさをも物語る、この民話風のお話にも、『宇治拾遺物語』はぬかりなく、複数の「やれやれ」を盛り込んでいるのだった。

こぶを福と見なす考え方は、お餅《もち》などと同様、「ふくれた中身に幸福が存在する」という発想から来ていると考えられ（岡見正雄）、鬼社会ではなく、当時の人間社会での価値観だと思われる。瓢箪《ひょうたん》を縁起物とするのも、同様の考え方である。

一方、鬼にはまっすぐな性質や、病を癒《いや》す力があると考えられており、この説話にもそれら鬼特有のイメージが反映されている。

宇治拾遺物語（万治二年刊版本）より　翁が舞う場面

◈四話「伴大納言《ばんだいなごん》の話《はなし》」

これも今《いま》は昔《むかし》、伴大納言善男《ばんだいなごんよしお》は、もともとは佐渡《さど》の国《くに》の郡司《ぐんじ》のお供《とも》の者《もの》であった。佐渡《さど》の国《くに》で善男《よしお》は、都《みやこ》の西寺《さいじ》と東寺《とうじ》をまたにかけて、仁王立《におうだ》ちする夢《ゆめ》を見《み》て、妻《つま》にその旨《むね》語《かた》った。すると、「あなたの股《また》が裂《さ》かれるのかもね」と思《おも》いもよらない夢解《ゆめと》きをしたので、善男《よしお》は驚《おどろ》いて、「よけいな話《はなし》をしてしまった」と恐《おそ》ろしく思《おも》い、勤《つと》め先《さき》である、主《あるじ》の郡司《ぐんじ》の家《いえ》に向《む》かったところ、この郡司《ぐんじ》、すぐれた人相見《にんそうみ》でもあり、いつもはそのようなことをしないのに、善男《よしお》をひどく歓待《かんたい》してくれて、敷物《しきもの》を与《あた》えて自分《じぶん》と対座《たいざ》させ、縁側《えんがわ》に上《あ》がらせたので、善男《よしお》はいぶかしく思《おも》い、「私《わたし》をおだてて縁側《えんがわ》に上《あ》げ、妻《つま》が言《い》ったように、私《わたし》の股《また》など裂《さ》こうというのではなかろうか」と恐《おそ》ろしく思《おも》っていると、郡司《ぐんじ》が、「お前《まえ》は大変貴《たいへんとうと》い吉夢《きちむ》を見《み》た。しかし、つまらない人間《にんげん》にそれを語《かた》った。きっと高位高官《こういこうかん》になるだろうが、事件《じけん》が起《お》きて罪《つみ》せられるだろう」と言《い》った。

後《のち》に善男《よしお》は、縁《えん》を頼《たよ》って京《きょう》の都《みやこ》に上《のぼ》り、大納言《だいなごん》になった。しかし、最後《さいご》は罪《つみ》せられた。まさに郡司《ぐんじ》の言葉《ことば》どおりだった。


❖これも今《いま》は昔《むかし》、伴大納言善男《ばんだいなごんよしを》は、佐渡《さど》の国《くに》の郡司《ぐんじ》が従者《ずさ》なり。かの国《くに》にて、善男《よしを》、夢《ゆめ》に見《み》るやう、西《にし》の大寺《おほてら》と東《ひんがし》の大寺《おほてら》とを股《また》げて立《た》ちたりと見《み》て、妻《め》の女《をんな》にこのよしを語《かた》る。妻《め》のいはく、「そこの股《また》こそ、裂《さ》かれんずらめ」と合《あ》はするに、善男《よしを》おどろきて、「よしなき事《こと》を語《かた》りてけるかな」と恐《おそ》れ思《おも》ひて、主《しゅう》の郡司《ぐんじ》が家《いえ》へ行《ゆ》き向《むか》ふ所《ところ》に、郡司《ぐんじ》、きはめたる相人《さうにん》なりけるが、日《ひ》ごろはさもせぬに、ことのほかに饗応《きやうおう》して、円座《わらふだ》取《と》り出《い》で、向《む》かひて、召《め》し上《のぼ》せければ、善男《よしを》、あやしみをなして、「我《われ》をすかし上《のぼ》せて、妻《め》の言《い》ひつるやうに、股《また》など裂《さ》かんずるやらん」と恐《おそ》れ思《おも》ふほどに、郡司《ぐんじ》がいはく、「汝《なむぢ》、やむごとなき高相《かうさう》の夢見《ゆめみ》てけり。それに、よしなき人《ひと》に語《かた》りてけり。必《かなら》ず、大位《たいゐ》には至《いた》るとも、事《こと》いで来《き》て、罪《つみ》をかぶらんぞ」と言《い》ふ。

しかるあひだ、善男《よしを》、縁《えん》につきて京上《きやうのぼ》りして、大納言《だいなごん》にいたる。されどもなほ、

罪《つみ》をかぶる。郡司《ぐんじ》がことばに違《たが》はず。

✲ 伴大納言《ばんだいなごん》、伴善男《とものよしお》（八〇九～六八）は、藤原《ふじわら》氏ではなく伴《とも》氏出身ながら閣僚入りした学者出身の人物で、内裏の応天門《おうてんもん》が火事で焼けた応天門の変の首謀者とされて失脚、伊豆《いず》に配流されたことは、一一四話「伴大納言《ばんだいなごん》、応天門を焼く事」にも、『伴大《ばんだい》納言《なごん》絵巻《えまき》』にも描かれている。

さて郡司はこの日、善男から夢の話を聞いてはいない。朝、出勤して来た時の彼の人相から、「過去」も「未来」も見通したのだ。大変な夢を見た善男は、前日までと人相が変わっていた、ということなのだろう。このように、第四話は、歴史上の有名人伴善男の説話であると同時に、無名の郡司の人相見のすごさを語る説話でもある。

本話の内容は、『大鏡《おおかがみ》』に見られる、九条殿《くじょうどの》藤原師輔《もろすけ》が見た吉夢とその結末に非常によく似ており、『大鏡』の語り役で、百九十歳の謎の老人大宅世継《おおやけのよつぎ》は「すばらしいよいお告げの夢も、悪く夢合わせをすると実現しない、と昔から申し伝えております。不注意にも、よく心根を知らない人の前で夢語りをしてはいけませんぞ、聴衆の皆様」と言っている。この九条殿師輔も伴善男も、それぞれの最高位まであと一歩という位置までつけていたのに、そこに手が届かずに終わった人物として人々に記憶されていた。彼らの夢にまつわる説話は、なぜあの有名人の活躍が、普通では予想のつかない形で終わってしまったのか、の理由を解き明かす話でもある。

善男は実際には佐渡《さど》の生まれでなく、父親が一時期佐渡に左遷されていたこととの混同があるらしい（益田勝実）。立志伝中の人物の経歴は、折角なら、よりありえないスタート地点から始まってほしい人々の心理も、この誤解を助けることになったのだろう。

なお、「東の大寺」と「西の大寺」を、奈良の東大寺と西大寺、あるいは不特定の寺とする立場もあるが、本書では神田本『江談抄《ごうだんしょう》』の訓みや、『古今和歌集』27番歌の詞書「西大寺《にしのおおてら》のほとりの柳をよめる」などに基づき、平安京の東寺と西寺と考えておく。

◆一三話「田舎《いなか》の児《ちご》が桜《さくら》の散《ち》るのを見《み》て泣《な》いた話《はなし》」

これも今《いま》は昔《むかし》、田舎出身《いなかしゅつしん》の児《ちご》が、比叡山《ひえいざん》に登《のぼ》ってお勤《つと》めをしていたが、桜《さくら》が見事《みごと》に咲《さ》いているところに、風《かぜ》が激《はげ》しく吹《ふ》いているのを見《み》て、さめざめと泣《な》いていた。それを見《み》た僧《そう》がそっと近付《ちかづ》いて「なぜこのようにお泣《な》きになるのか。この桜《さくら》の花《はな》が散《ち》るのを残念《ざんねん》にお思《おも》いになるのか。桜《さくら》ははかないもので、このように短《みじか》い間《あいだ》に散《ち》ってしまうのです。しかし、それだけのことです」と言《い》ってなぐさめたが、児《ちご》は「桜《さくら》が散《ち》るのは、無理《むり》にどうこうしようとしてもどうなるものではないから、仕方《しかた》ない。うちのおとうさんが作《つく》った麦《むぎ》の花《はな》がこの風《かぜ》で散《ち》って、実《み》が入《はい》らないと思《おも》うとつらくて」と言《い》って、しゃくりあげておいおい泣《な》いたので、困《こま》ったことだったなあ。

❖これも今《いま》は昔《むかし》、田舎《ゐなか》の児《ちご》の、比叡《ひえ》の山《やま》へ登《のぼ》りたりけるが、桜《さくら》のめでたく咲《さ》きた

りけるに、風《かぜ》の激《はげ》しく吹《ふ》きけるを見《み》て、この児《ちご》、さめざめと泣《な》きけるを見《み》て、僧《そう》の、やはら寄《よ》りて、「など、かうは泣《な》かせ給《たま》ふぞ。この花《はな》の散《ち》るを惜《を》しうおぼえさせ給《たま》ふか。桜《さくら》ははかなき物《もの》にて、かくほどなくうつろひ候《さうら》ふなり。されども、さのみぞ候《さうら》ふ」となぐさめければ、「桜《さくら》の散《ち》らんは、あながちにいかがせん、苦《くる》しからず。我《わ》が父《てて》の作《つく》りたる麦《むぎ》の花《はな》散《ち》りて、実《み》の入《い》らざらん、思《おも》ふがわびしき」と言《い》ひて、さくりあげて、「よよ」と泣《な》きければ、うたてしやな。

✿児《ちご》は、お寺にいる児童で、彼らは女人禁制の寺院にあって、女性アイドルのような立場にあったため、僧侶《そうりよ》から恋心を抱かれたりもした。本話の僧も、異性間の恋情に似た気持ちを持ちつつ児に語りかけていると思われる。僧にしてみると、かわいい児が子どもなりに世の無常を観じているらしい場面に遭遇して、しっとり慰めようくらいに思っていたのだが、児からは意外な答え。確かに無常の桜ではなく穀物の成長の心配だったのは現実的だし、いくら実家の農業のことが心配でも、しゃくりあげて泣くほどのことだろうか、とも思われる。しかし、家業の心配をするこの児は、親思いで健気《けなげ》だとも言え、これが例えば天皇であれば、国の稲の実りを心にかけるのは重要な責務である。

そうした中で、この説話を、すっきりと大笑いできるようになるポイントは、「麦」にある。当時、稲と麦は大違いの穀物だったのだ。稲は、天皇がその実り具合を心にかけるような天地からの豊かな恵み、国の繁栄の象徴だった。一方の麦はというと、同じ穀類でも、食べ物のそのものを連想させるものだったので、例えば、和歌の言葉に厳格だった歌人の藤原俊成《ふじわらのとしなり》（しゅんぜい）などは、当時歌人たちの間で流行していた麦秋の頃の風、「麦の秋風」という表現について、「和歌で用いると、優雅に聞こえない」と批判している（久保田淳）。説話集類にも、麦は上流階級の人が日常的には食べないものとして登場する。

このように本話のポイントは、桜かと思ったら麦――和歌的美意識と、その対岸に位置する食物とのギャップにあったらしいことが分かる。「花より団子」ならぬ、「花より麦」のエピソードなのである。

◈一六話「尼《あま》が地蔵《じぞう》にお目《め》にかかった話《はなし》」

今《いま》は昔《むかし》、丹後《たんご》の国《くに》（現京都府北部《げんきょうとふほくぶ》）に、一人《ひとり》の年老《としお》いた尼《あま》がいた。地蔵《じぞう》菩薩《ぼさつ》は明《あ》け方《がた》、いろいろな世界《せかい》をめぐられる、という話《はなし》をちらっと聞《き》き、毎日暗《まいにちくら》いうちから、地蔵菩薩《じぞうぼさつ》にお目《め》にかかろうと、あたり一帯《いったい》を迷《まよ》い歩《ある》いているのを、いかれた博打打《ばくちう》ちが見《み》て「おばあさんは、この寒《さむ》いのに何《なに》をなさっているの」と聞《き》く。尼《あま》は「地蔵菩薩《じぞうぼさつ》が早朝《そうちょう》に歩《ある》いていらっしゃるというので、それにお目《め》にかかろうと、こうして訪《たず》ね歩《ある》いているのだ」と言《い》う。博打打《ばくちう》ちは「地蔵《じぞう》がお歩《ある》きになる道《みち》を、私《わたし》は知《し》っている。さあ、いらっしゃい。お会《あ》わせ申《もう》そう」と言《い》うので、尼《あま》は「ああ、うれしいこと。地《じ》蔵《ぞう》がお歩《ある》きになる所《ところ》へ、私《わたし》を連《つ》れて行《い》って下《くだ》さい」と言《い》う。博打打《ばくちう》ちは「私《わたし》に何《なに》か下《くだ》さい。そうしたらすぐにお連《つ》れ申《もう》しましょう」と言《い》うので「この着《き》ている着物《きもの》をさしあげよう」ということで、「では、一緒《いっしょ》にいらっしゃい」と言《い》って、隣《となり》の家《いえ》に尼《あま》を連《つ》れて行った。

❖今《いま》は昔《むかし》、丹後《たんご》の国《くに》に老尼《おいあま》ありけり。地蔵菩薩《ぢざうぼさつ》は暁《あかつき》ごとにありき給《たま》ふといふ事《こと》をほのかに聞《き》きて、暁《あかつき》ごとに、地蔵見奉《ぢざうみたてまつ》らんとて、ひと世界《せかい》を惑《まど》ひありくに、博打《ばくち》の打《う》ち呆《ほう》けてゐたるが見《み》て「尼君《あまぎみ》は寒《さむ》きに、何《なに》わざし給《たま》ふぞ」と言《い》へば、「地蔵菩薩《ぢざうぼさつ》の暁《あかつき》にありき給《たま》ふなるに、会《あ》ひ参《まゐ》らせんとて、かくありくなり」と言《い》へば、「地蔵《ぢざう》のありかせ給《たま》ふ道は、我《われ》こそ知《し》りたれ。いざ給《たま》へ。会《あ》はせ参《まゐ》らせん」と言《い》へば、「あはれうれしき事《こと》かな。地蔵《ぢざう》のありかせ給《たま》はん所《ところ》へ、我《われ》を率《ゐ》ておはせよ」と言《い》へば、「我《われ》に物《もの》を得《え》させ給《たま》へ。やがて率《ゐ》て奉《たてまつ》らん」と言《い》ひければ、「この着《き》たる衣《きぬ》、奉《たてまつ》らん」と言《い》へば、「さは、いざ給《たま》へ」とて、隣《となり》なる所《ところ》へ率《ゐ》て行《ゆ》く。

尼《あま》は喜《よろこ》んで、博打打《ばくちう》ちに急《いそ》いでついていくと、その家《いえ》に地蔵《じぞう》という名《な》の子《こ》どもがおり、博打打《ばくちう》ちはその子《こ》の親《おや》と知《し》り合《あ》いなので「地蔵《じぞう》はどこ」と聞《き》くと、地蔵《じぞう》の親《おや》は「遊《あそ》びに行《い》っています。今戻《いまもど》るでしょう」と言《い》うので、「さあ、ここだよ、地蔵《じぞう》がいらっしゃるところは」と尼に言《い》い、尼《あま》はうれしくて、約束通《やくそくどお》り、自分《じぶん》が着《き》ていた紬《つむぎ》の着《き》物《もの》を脱《ぬ》いで取《と》らせ、博打打《ばくちう》ちはそれを受《う》け取《と》ると、急《いそ》いで場《ば》を去《さ》った。尼《あま》が、我《わ》が子《こ》を拝見《はいけん》しようと座《すわ》っているので、親《おや》たちは訳《わけ》が分《わ》からない。十歳《じっさい》ほどの子《こ》どもが帰《かえ》ってきたのを見《み》て、親《おや》が「さあ、あれが地蔵《じぞう》です」と言《い》うと、尼《あま》は、子《こ》どもを見《み》るなり、後先《あとさき》なくころがるように拝《おが》んで地面《じめん》に額《ぬか》ずいた。

子《こ》どもは、小枝《こえだ》を持《も》って、遊《あそ》んでいた姿《すがた》のまま帰《かえ》って来《き》たのだが、その小枝《こえだ》で、手遊《てあそ》びをするように自分《じぶん》の額《ひたい》をひっかくと、額《ひたい》から顔《かお》の上《うえ》まで裂《さ》けた。その中《なか》から、何《なん》ともいえず立派《りっぱ》な地蔵《じぞう》のお顔《かお》をお見《み》せになった。尼《あま》はひれ伏《ふ》し、見上《みあ》げると、このようなお姿《すがた》で地蔵菩薩《じぞうぼさつ》が立《た》っていらしたので、涙《なみだ》を流《なが》して深《ふか》く拝《おが》み、そのまま極楽《ごくらく》に行《い》ってしまった。このようなことがあるのだから、心《こころ》の中《なか》でだけでも深《ふか》く祈《いの》るならば、仏《ほとけ》も姿《すがた》を見《み》せて下《くだ》さるのだと信《しん》じるべきだ。

❖童《わらは》、すはゑを持《も》ちて、遊《あそ》びけるままに来《き》たりけるが、そのすはゑして、手《て》すさみのやうに額《ひたひ》を掻《か》けば、額《ひたひ》より顔《かほ》の上《うへ》まで裂《さ》けぬ。裂《さ》けたる中《なか》より、えもいはずめでたき地蔵《ぢざう》の御顔《おんかほ》、見《み》え給《たま》ふ。尼《あま》、拝《をが》み入《い》りて、うち見上《みあ》げたれば、かくて立《た》ち給《たま》へれば、涙《なみだ》を流《なが》して拝《をが》み入《い》り参《まゐ》らせて、やがて極楽《ごくらく》へ参《まゐ》りにけり。されば、心《こころ》にだにも深《ふか》く念《ねん》じつれば、仏《ほとけ》も見《み》え給《たま》ふなりけりと信《しん》ずべし。

✤地蔵菩薩《じぞうぼさつ》の六道《ろくどう》視察について、たとえば『延命地蔵経《えんめいじぞうきょう》』に、「地蔵菩薩は毎朝、禅《ぜん》定《じょう》状態になられ、六道（地獄・餓鬼・畜生・阿修羅・人《にん》・天の、六つの迷いの世界）を教化して歩き、迷える者たちの苦しみを取り除き楽を与える」と記されている。

さて、地蔵菩薩の顔のカバーは想像するとやや不気味だが、本話と似た状態を表した仏像が現存している。西往寺《さいおうじ》蔵・京都国立博物館寄託の「宝誌和尚立像《ほうしかしょうりつぞう》」がそれで、顔の中から内側の別の顔が出て来る様が彫刻されている。一〇七話「宝志和尚の影《えい》事」にも登場する、中国の高僧宝志（誌）和尚が、親指の爪で額の皮を切り、皮を左右にとりのけた中から、金色の菩薩の顔を示した、という逸話に基づいた仏像とされる。子どもに扮《ふん》した、あるいは子どもの中に宿った地蔵菩薩は、尼の無垢《むく》な信仰心に応《こた》えるために、尼にだけ正体を見せてやり、当時奇跡と考えられた極楽往生も果たさせて下さったのだ。

今回地蔵菩薩は、地蔵という名前の子どもの中にいらっしゃったが、子どもというのは、当時、一人前の扱いを受けない側面と、けがれを知らない聖なる側面の、両方を持つものと考えられていた。神仏が意外な姿で人間界に現れる、という説話は珍しくなく、書写山《しょしゃざん》の性空《しょうくう》上人が、神崎《かんざき》の遊女に変身した普賢《ふげん》菩薩に会った説話（『古事《こじ》談《だん》』）などは特に有名である。六五話では、延暦寺《えんりゃくじ》の智海《ちかい》法印が、清水坂《きよみずざか》で会った病人が大変な学識の持ち主で、後日何度も捜したが、二度と会えなかったという逸話が語られ、神仏の化身ではないか、と記されている。彼ら彼女らは、周囲から疎外されかねない立場の人々であると同時に、本性を隠した聖なる存在となりうる人々でもあったのだ。

宝誌和尚立像（西往寺蔵・京都国立博物館寄託）

◈二二話「金峰山《きんぷせん》での薄打《はくうち》の話《はなし》」

今《いま》は昔《むかし》、七条《しちじょう》に薄打《はくうち》がいた。薄打《はくうち》とは、金《きん》や銀《ぎん》を槌《つち》で打《う》って薄《うす》く延《の》ばし、金箔《きんぱく》・銀《ぎん》箔《ぱく》を作《つく》る職人《しょくにん》である。その薄打《はくうち》が、吉野《よしの》の金峰山《きんぷせん》にお参《まい》りした。金峰山《きんぷせん》は奈良県吉野《ならけんよしの》町《ちょう》の吉野山《よしのやま》から山上ヶ岳《さんじょうがたけ》にいたる山々《やまやま》の総称《そうしょう》で、「金《かね》の御嶽《みたけ》」とも呼《よ》ばれる修験道《しゅげんどう》の根本道場《こんぽんどうじょう》。修験道《しゅげんどう》の祖《そ》、役小角《えんのおづの》が祈《いの》りによって得《え》たといわれる蔵王権現《ざおうごんげん》を祀《まつ》る金峯山《きんぷせん》寺《じ》や、金属《きんぞく》の神《かみ》である金山毘古《かなやまびこ》（金山彦《かなやまびこ》）を祀《まつ》る金峯神社《きんぷじんじゃ》がある。金属加工業者《きんぞくかこうぎょうしゃ》である薄打《はくうち》と縁《えん》の深《ふか》い神仏《しんぶつ》のいらっしゃる霊山《れいざん》なのだ。さてこの薄打《はくうち》が、金峰山《きんぷせん》で、金属《きんぞく》が地層《ちそう》から露出《ろしゅつ》している場所《ばしょ》をたどって見《み》ると、露出《ろしゅつ》しているのは本物《ほんもの》の金《きん》のようだった。うれしく思《おも》って、袖《そで》に包《つつ》んで家《いえ》に帰《かえ》った。

持《も》って帰《かえ》った鉱石《こうせき》をすり砕《くだ》いてみると、きらきらとして、たしかに金《きん》だったので、「不思議《ふしぎ》なことだ。金峰山《きんぷせん》の金《きん》を取《と》ろうとすると、雷《かみなり》が鳴《な》り、地震《じしん》が起《お》き、雨《あめ》が降《ふ》りなどして、少《すこ》しも取《と》ることができないと言《い》われているのに、今回《こんかい》はそんなこともない。これからも、この金《きん》を取《と》って来《き》て世渡《よわた》りしよう」とうれしくなり、はかりにかけてみると、十八両《じゅうはちりょう》（「両《りょう》」は重《おも》さの単位《たんい》）あった。これを打《う》って金箔《きんぱく》にすると、七《しち》、八千枚《はっせんまい》になった。「これを全部《ぜんぶ》ひっくるめて、全《すべ》て買《か》おうという人《ひと》がいてくれたらなあ」と思《おも》い、しばらく金箔《きんぱく》を手許《てもと》においていると、「検非違使《けびいし》（警察《けいさつ》・司法関係《しほうかんけい》者《しゃ》）をしている人《ひと》が、東寺《とうじ》の仏像《ぶつぞう》を造《つく》るために箔《はく》をたくさん買《か》いたいと言《い》っている」と知《し》らせる者《もの》がいた。薄打《はくうち》は喜《よろこ》んで、金箔《きんぱく》を懐《ふところ》に入《い》れて、検非《けび》違使宅《いしたく》に向《む》かった。

「金箔《きんぱく》をご所望《しょもう》でしょうか」と言《い》うと、「どのくらいあるのだ」と聞《き》く。「七《しち》、八千枚《はっせんまい》ほどございます」と答《こた》えると、「持《も》って参《まい》ったか」と言《い》うので、「ございます」と言《い》って、懐《ふところ》から紙《かみ》に包《つつ》んだ金箔《きんぱく》を取《と》り出《だ》した。見《み》ると、破《やぶ》れず、広《ひろ》く、色《いろ》の見事《みごと》な金箔《きんぱく》なので、広《ひろ》げて、枚数《まいすう》を数《かぞ》えようと見《み》てみると、小《ちい》さな文字《もじ》で「金《かね》の御嶽《みたけ》、金《かね》の御嶽《みたけ》」と全《すべ》てに書《か》かれている。わけが分《わ》からず検非違使《けびいし》が「この書《か》き付《つ》けは、何《なん》のためのものか」と聞《き》くと、薄打《はくうち》は「書《か》き付《つ》けなどしておりません。何《なん》のために書《か》き付《つ》けなど致《いた》しましよう」と答《こた》えるので、「現《げん》にこうしてあるではないか。見《み》てみよ」と言《い》って見《み》せるので、薄打《はくうち》が金箔《きんぱく》を見《み》てみると、たしかに書《か》いてある。何《なん》ということだと思《おも》い、口《くち》も開《あ》けられない。検非違使《けびいし》は「これはただごとではない。裏《うら》があるに違《ちが》いない」ということで、同僚《どうりよう》を呼《よ》んで連《つ》れ立《だ》ち、問題《もんだい》の金箔《きんぱく》は看督長《かどのおさ》（犯人逮捕《はんにんたいほ》に当《あ》たる、検非違使庁《けびいしちよう》の役人《やくにん》）に持《も》たせ、薄打《はくうち》を連《つ》れて検非違使庁《けびいしちよう》（警察庁《けいさつちよう》）の長官《ちようかん》のところに参上《さんじよう》した。

❖おろして見《み》ければ、きらきらとして、まことの金《きん》なりければ「不思議《ふしぎ》の事《こと》なり。この金取《きんと》るは、神鳴《かみな》り、地振《ちふる》ひ、雨降《あめふ》りなどして、少《すこ》しもえ取《と》らざんなるに、これはさる事《こと》もなし。この後《のち》も、この金《きん》を取《と》りて、世《よ》の中《なか》を過《す》ぐべし」とうれしくて、はかりに懸《か》けてみれば、十八両《じふはちりやう》ぞありける。これを薄《はく》に打《う》つに、七《しち》、八千枚《はつせんまい》に打《う》ちつ。「これをまろげて、みな買《か》はん人《ひと》もがな」と思《おも》ひて、しばらく持《も》ちたるほどに、「検非違使《けびゐし》なる人《ひと》の、東寺《とうじ》の仏造《ほとけつく》らんとて、薄《はく》を多《おほ》く買《か》はんと言《い》ふ」と告《つ》ぐる者《もの》ありけり。悦《よろこ》びて、懐《ふところ》にさし入《い》れて行《ゆ》きぬ。

「薄や召す」と言ひければ、「いくらばかり持《も》ちたるぞ」と問《と》ひければ、「七《しち》、八千《はつせん》枚《まい》ばかり候《さうら》ふ」と言《い》ひければ、「持《も》ちて参《まゐ》りたるか」と言《い》へば、「候《さうら》ふ」とて、懐《ふところ》より紙《かみ》に包《つつ》みたるを取《と》り出《い》だしたり。見《み》れば、破《や》れず広く、色みじかりければ、広《ひろ》げて数《かぞ》へんとて見《み》れば、小《ちひ》さき文字《もじ》にて「金《かね》の御嶽《みたけ》、金《かね》の御嶽《みたけ》」とことごとく書《か》かれたり。心《こころ》も得《え》で「この書付《かきつけ》は、何《なに》の料《れう》の書付《かきつけ》ぞ」と問《と》へば、薄打《はくうち》、「書付《かきつけ》も候《さうら》はず。何《なに》の料《れう》の書付《かきつけ》かは候《さうら》はん」と言《い》へば、「現《げん》にあり。これを見《み》よ」とて見《み》するに、薄打《はくうちみ》見れば、まことにあり。「あさましき事《こと》かな」と思《おも》ひて、口《くち》もえ開《あ》かず。検非《けび》違使《ゐし》、「これはただ事《ごと》にあらず。やうあるべし」とて、友《とも》を呼《よ》び具《ぐ》して、金《きん》をば看《か》督長《どのをさ》に持《も》たせて、薄打具《はくうちぐ》して、大理《だいり》のもとへ参《まゐ》りぬ。

報告《ほうこく》を聴《き》いた検非違使《けびいし》の別当《べつとう》（長官）の命令《めいれい》で、薄打《はくうち》は鴨川《かもがわ》の河原《かわら》に連《つ》れて行《い》かれ、七十回拷問《ななじつかいごうもん》されたので、背中《せなか》は、砧《きぬた》で叩《たた》いて艶《つや》を出《だ》した、練《ね》り絹《ぎぬ》でできた紅色《くれないいろ》の着物《きもの》を、水《みず》にぬらして着《き》せたように、真《ま》っ赤《か》でぐにゃぐにゃになった。そして、わずか十《とお》日《か》ほどで獄死《ごくし》してしまった。金箔《きんぱく》は金峰山《きんぷせん》に返《かえ》し、元《もと》あったところに置《お》いた、と語《かた》り伝《つた》えた。これ以後《いご》、人々《ひとびと》は恐《おそ》れて、ますます例《れい》の金峰山《きんぷせん》の金《きん》を取《と》ろうと思《おも》う者《もの》はいなくなった。ああ恐《おそ》ろしい。

✤この薄打、十日生きていたことから見て、出血多量で死んだのではない。今でいう感染症で、痛みと高熱にうなされながら死んだと想像され、苦しい死に方である。当初薄打が金を持ち帰ろうとした時に、いつもと違い、蔵王《ざおう》権現は何もとがめない。当初から、まとめてとことん厳しく罰してやろうと思われたのだろうが、それは何故なのだろう。薄打は、「金峰山《きんぷせん》の金が特別だとは知りませんでした」とは言えない職業、金属加工業者だったからだ。

かつて聖武《しょうむ》天皇が、東大寺《とうだいじ》の大仏を金で装飾するため、金峰山の金を分けてほしいと祈った時にも、蔵王権現は「この山の金は、釈迦《しゃか》がお亡くなりになった後、弥勒仏《みろくぶつ》が現れるまでの五十六億七千万年後まで預り守っているだけなので、分け与えることはできない」と断りの託宣をされた。金峰山の金は、人間が私利私欲のために使うなど、到底許されないものだったのだ。

また薄打は、どうしてよりによって、警察関係者のところになど売りに行ってしまったのだろう。当時の警察関係者は、刑罰などを通して、有罪の人も無罪の人も、苦しめることのある職業だったので、罪滅ぼしのために、仏事に熱心なことが多かった。だから薄打は、警察関係者が仏像を造るために金箔《きんぱく》を買いたい、という話の自然さに引かれ、身に危険が迫っていることに気持ちが回らなかったのだろう。

検非違使《けびいし》のもとを訪ねるまでは、まっさらだったはずの金箔が、検非違使に見せた時には「金《かね》の御嶽《みたけ》」という文字入りになっていたが、この「金の御嶽」という小さな文字、皆さんはどういう状態で金箔に書き付けられていたと思われるだろう。金箔一面に地紋のようにぎっしりと「金の御嶽」と書かれていたのか、それぞれの金箔の片隅に、子どものハンカチに名前がついているように一箇所ずつ「金の御嶽」という字が入っていたのか。ちなみに私は、小さく一箇所ずつかな、と想像している。

薄打の死に方だけでなく、そこに追い詰めていく段取りのぬかりなさに、蔵王権現の憎悪の強さが表れている。たしかに「ああ恐ろしい」というべき説話である。

◈二五話「鼻《はな》の長《なが》い僧《そう》の話《はなし》」

昔《むかし》、池《いけ》の尾《お》（現京都府宇治市《げんきょうとふうじし》）に、禅珍内供《ぜんちんないぐ》（内供《ないぐ》は宮中《きゅうちゅう》の内道場《ないどうじょう》に奉仕《ほうし》する浄行《じょうぎょう》の高僧《こうそう》のこと）という僧《そう》が住《す》んでいた。仏教《ぶっきょう》の呪文《じゅもん》などをよく身《み》に付《つ》けていて、長年修行《ながねんしゅぎょう》して貴《とうと》い僧《そう》だったので、人々《ひとびと》がいろいろな祈禱《きとう》をさせたため大変豊《たいへんゆた》かで、堂《どう》も僧坊《そうぼう》も管理《かんり》が行《ゆ》き届《とど》かないところは少《すこ》しもない。仏様《ほとけさま》への御供《おそな》えやお明《あ》かしも絶《た》えることなく、仏事《ぶつじ》ごとに僧《そう》たちへの食事《しょくじ》をふるまい、寺《てら》の講演《こうえん》なども頻繁《ひんぱん》に行《おこな》わせたので、寺《てら》の中《なか》の僧坊《そうぼう》にはいっぱいに僧《そう》が住《す》み込《こ》みにぎわっていた。風呂《ふろ》に湯《ゆ》をわかさぬ日《ひ》はなく、にぎやかに湯浴《ゆあ》みし、寺《てら》の周囲《しゅうい》には小《ちい》さな家《いえ》が集《あつ》まって来て、集落全体《しゅうらくぜんたい》が活況《かっきょう》を呈《てい》していた。

ところでこの禅珍内供《ぜんちんないぐ》は長《なが》い鼻《はな》の持《も》ち主《ぬし》だった。十五《じゅうご》〜十八《じゅうはち》センチメートルほどあって顎《あご》から下《した》に垂《た》れ、色《いろ》は赤紫《あかむらさき》、夏《なつ》みかんの表面《ひょうめん》のように粒《つぶ》だってふくれている。いつもひどくかゆがっている。提《ひさげ》（取《と》っ手《て》と注《そそ》ぎ口《ぐち》のついている容器《ようき》）で湯《ゆ》を沸騰《ふっとう》させ、折敷《おしき》（薄《うす》い板《いた》で作《つく》った角盆《かくぼん》）に、鼻《はな》が通《とお》るサイズの穴《あな》を開《あ》け、湯《ゆ》を煮立《にた》てている炎《ほのお》が、鼻以外《はないがい》の顔面《がんめん》に当《あ》たらぬようにした上《うえ》で、折敷《おしき》の穴《あな》から鼻《はな》を出《だ》し、鼻《はな》を湯《ゆ》に漬《つ》けてよくよくゆでて引《ひ》き上《あ》げると、色《いろ》は濃《こ》い紫色《むらさきいろ》になっている。横向《よこむ》きに寝《ね》て、その鼻《はな》の下《した》に物《もの》をあてがい、人《ひと》に踏《ふ》ませると、つぶつぶした穴《あな》ごとに、水蒸気《すいじょうき》のようなものが出《で》て来《く》る。その状態《じょうたい》でどんどん踏《ふ》むと、白《しろ》い虫《むし》が穴《あな》ごとに出《で》て来《く》るので、それを毛抜《けぬ》きで抜《ぬ》くと、十二《じゅうに》ミリメートルほどの白《しろ》い虫《むし》が、毛穴《けあな》ごとに取《と》れる。その跡《あと》には穴《あな》が開《あ》いてさえ見《み》える。その鼻《はな》を同《おな》じ湯《ゆ》に入《い》れて沸騰《ふっとう》させると、鼻《はな》は小さくしぼんで、普通《ふつう》の人《ひと》の鼻のようになる。また二《に》、三日《さんにち》すると、以前《いぜん》のように腫《は》れて、大《おお》きくなってしまう。

❖昔《むかし》、池《いけ》の尾《を》に禅珍内供《ぜんちんないぐ》といふ僧住《そうす》みける。真言《しんごん》なんどよく習《なら》ひて、年久《としひさ》しく行《おこな》ひて貴《たふと》かりければ、世《よ》の人々《ひとびと》、さまざまの祈《いの》りをせさせければ、身《み》の徳豊《とくゆた》かにて、堂《だう》も僧坊《そうばう》も少《すこ》しも荒《あ》れたる所《ところ》なし。仏供《ぶつく》、御灯《みあかし》なども絶《た》えず、折節《をりふし》の僧膳《そうぜん》、寺《てら》の講演《かうえん》、しげく行《おこな》はせければ、寺中《じちゆう》の僧坊《そうばう》に隙《ひま》なく僧《そう》もすみ、にぎはひけり。湯屋《ゆや》には湯《ゆ》沸《わ》かさぬ日《ひ》なく、浴《あ》みののしりけり。また、そのあたりに小家《こいへ》ども、多《おほ》く出《い》で来《き》て、里《さと》もにぎはひけり。

さて、この内供《ないぐ》は鼻長《はななが》かりけり。五《ご》、六寸《ろくすん》ばかりなりければ、おとがひより下《さ》がりてぞ見《み》えける。色《いろ》は赤紫《あかむらさき》にて、大柑子《だいかうじ》の膚《はだ》のやうに粒《つぶ》だちて、ふくれたり。かゆがることかぎりなし。提《ひさげ》に湯《ゆ》をかへらかして、折敷《をしき》を鼻《はな》さし入《い》るばかりゑり通《とほ》して、火《ひ》の炎《ほのほ》の顔《かほ》に当《あ》たらぬやうにして、その折敷《をしき》の穴《あな》より鼻《はな》をさし出《い》でて、提《ひさげ》の湯《ゆ》にさし入《い》れて、よくよく茹《ゆ》でて引《ひ》き上《あ》げたれば、色《いろ》は濃《こ》き紫色《むらさきいろ》なり。それをそばざまに臥《ふ》して、下《した》に物《もの》をあてて人《ひと》に踏《ふ》ますれば、粒《つぶ》だちたる穴《あな》ごとに、煙《けぶり》のやうなる物《ものい》出《い》づ。それをいたく踏《ふ》めば、白《しろ》き虫《むし》の、穴《あな》ごとにさし出《い》づるを、毛抜《けぬき》にて抜《ぬ》けば、四分《しぶ》ばかりなる白《しろ》き虫《むし》を、穴《あな》ごとに取《と》り出《い》だす。その跡《あと》は穴《あな》だにあきて見《み》ゆ。それをまた同《おな》じ湯《ゆ》に入《い》れて、さらめかし沸《わ》かすに、茹《ゆ》づれば、鼻《はなちひ》小さくしぼみあがりて、ただの人《ひと》の鼻《はな》のやうになりぬ。また二《に》、三日《さんにち》になれば、前《さき》のごとくに腫《は》れて、大《おほ》きになりぬ。

内供《ないぐ》が食事《しょくじ》をする時《とき》は、弟子《でし》が三十《さんじゅっ》センチメートルほどの長《なが》さの平《たい》らな板《いた》を鼻《はな》の下《した》にいれ、内供《ないぐ》と向《む》かい合《あ》い、食事《しょくじ》を終《お》えるまで、板《いた》で鼻《はな》を上方《じょうほう》に持《も》ち上《あ》げる。他《ほか》の人《ひと》に持《も》ち上《あ》げさせると、やり方《かた》が下手《へた》だといって腹《はら》を立《た》てて食事《しょくじ》をしない。だから、この弟子《でし》の法師《ほうし》一人《ひとり》に担当《たんとう》させていた。ところがある日《ひ》、この法師《ほうし》が体調不良《たいちょうふりょう》で出《で》てこられず、弟子《でし》の法師《ほうし》たちが困《こま》っていると、内供《ないぐ》に仕《つか》えている召使《めしつか》いの童《わらわ》が立候補《りっこうほ》したので、おそばに上《あ》がらせた。童《わらわ》は良《よ》い塩梅《あんばい》に鼻《はな》を持《も》ち上《あ》げたので、内供《ないぐ》は「見事《みごと》である。いつもの法師《ほうし》以上《いじょう》だ」とご満悦《まんえつ》で粥《かゆ》をすすっていたが、この童《わらわ》がくしゃみをすると、手《て》が震《ふる》えて木《き》から鼻《はな》がはずれ、粥《かゆ》のなかにばしゃっと入《い》れてしまった。粥《かゆ》は内供《ないぐ》の顔《かお》にも、童《わらわ》の顔《かお》にも飛《と》び散《ち》った。内供《ないぐ》は激怒《げきど》、紙《かみ》で拭《ふ》きながら、次《つぎ》のように怒鳴《どな》る。

「お前《まえ》は、とんでもない心《こころ》の持《も》ち主《ぬし》だ。無分別《むふんべつ》のろくでなしとは、お前《まえ》のような者《もの》のことをいうのだ。私以外《わたしいがい》の、もっと高貴《こうき》な方《かた》のお鼻《はな》の世話《せわ》に参《まい》った時《とき》も、今《いま》のような態度《たいど》をとるのか。全《まった》く最低《さいてい》の、無分別《むふんべつ》の大馬鹿者《おおばかもの》だ。さあお前《まえ》、さっさと下《さ》がれ」と言《い》って追《お》い立《た》てたので、童《わらわ》は、去《さ》り際《ぎわ》に「世間《せけん》に、こんな鼻《はな》を持《も》った人《ひと》が他《ほか》にもいらっしゃれば、鼻《はな》を持《も》ち上《あ》げにも参《まい》るでしょうが。愚《おろ》かなことをおっしゃる和尚様《おしょうさま》だ」と言《い》ったので、弟子《でし》たちは物陰《ものかげ》に逃《に》げ隠《かく》れて笑《わら》った。

❖「おのれは、まがまがしかりける心持《こころも》ちたる者《もの》かな。心《こころ》なしのかたゐとは、おのれがやうなる者《もの》を言《い》ふぞかし。我《われ》ならぬやごつなき人《ひと》の御鼻《おんはな》にもこそ参《まゐ》れ、それにはかくやはせんずる。うたてなりける、心《こころ》なしのしれ者《もの》かな。おのれ、立《た》て立《た》て」とて、追《お》ひたてければ、立《た》つままに「世《よ》の人《ひと》の、かかる鼻持《はなも》ちたるがおはしまさばこそ、鼻《はな》もたげにも参《まゐ》らめ。をこの事《こと》のたまへる御房《ごばう》かな」と言《い》ひければ、弟子《でし》どもは物《もの》の後《うし》ろに逃《に》げのきてぞ、笑《わら》ひける。

✤罵倒《ばとう》された童《わらわ》は、みんながいつも言いたくて言えなかったことを、とうとう口にする。「あなたの鼻は変わり過ぎている。あなたはなぜそれを、ごく普通のことだという態度で過ごしているのか」。童はそこまでは口にしなかったが、「私をまがまがしい心の持ち主だというのなら、あなたは何の持ち主ということになるのでしょう」という言葉を呑《の》み込んだことだろう。寺の内外の人たちは、内供に生活全体を支えられており、そのありがたい内供に、常日頃これらの言葉を発することができずにいる。その上、内供は、自分の鼻のせいで、周囲の人に一手間かけさせていることを、何とも思っていない様子なのだ。

宇治拾遺物語（万治二年刊版本）より　鼻を持ち上げる場面

芥川龍之介《あくたがわりゅうのすけ》の「鼻」では、内供は自分の鼻に大変なコンプレックスを持っており、周囲の人の目が気になって仕方ない。そして、長年の念願がかなって、鼻が通常になってみたら、変な鼻だった時には一種同情的だった周囲の人々が、何やら物足りない気持ちになり、冷たい態度をとるようになったことを、また敏感に感じ取るという、終始繊細な人物として描かれる。

芥川の「鼻」の主人公は内供、一方の古典では「周囲の人々」のようにも読めるが、皆さんはどちらのストーリーがお好きだろう。

★コラム② 芥川龍之介の古典物・説話集編者たちの「競作」

本話は、芥川龍之介の「鼻」の題材になった説話である。一八話「利仁《としひと》、芋粥《いもがゆ》の事」は「芋粥《いもがゆ》」、三八話「絵仏師 良秀《りょうしゅう》、家の焼くるを見て悦《よろこ》ぶ事」は「地獄変」、一三〇話「蔵人得業《くろうどとくごう》、猿沢《さるさわ》の池《いけ》の竜の事」は「龍」に、同じストーリーが用いられている。また「龍」は序も踏まえており、宇治《うじ》大納言《だいなごん》隆国《たかくに》の頼みで陶器造りの翁《おきな》が語ったのが、竜にまつわる不思議な逸話で、その次に語られるのが「鼻」だと設定されている。

説話集編者たちは同じ説話を使い回すことを嫌わなかったので、例えば本話や一八話の場合、『今昔物語集《こんじゃくものがたりしゅう》』に、内容だけでなく、表現の細部に至るまでそっくりな「同文的同話」が存在している。説話集編者たちにとって、腕の見せ所は、誰も知らない珍しい説話を集めてくること――すなわちネタの鮮度――だけではなく、どういう説話を選び、それをどのようなスタイルで配列し、どういう文体でどのように語るか、それら全体で腕を競い合ったのである。似た題材やテーマでありながら、それをどうアレンジするかの勝負――説話集編者たちは、あたかも「競作」するように、それぞれの説話集を作っていたのだ。従って、人気のネタ本を、もとのままに近い状態で使うこともよくあった。

本話の主人公の名は「禅珍《ぜんちん》」だが、『今昔物語集』と芥川の「鼻」では「禅智《ぜんち》内供」である。また芥川自身が、「鼻」について「出所は今昔（宇治拾遺にもある）である」と自ら付記していることから、芥川の「鼻」の典拠は第一義的には『今昔物語集』、ただし芥川は『宇治拾遺物語』にも目配りしていた、ということが分かる。

◆二八話「袴垂《はかまだれ》が保昌《やすまさ》に会《あ》った話《はなし》」

昔《むかし》、袴垂《はかまだれ》という大変《たいへん》な盗人《ぬすびと》のリーダーがいた。（旧暦《きゅうれき》）十月《じゅうがつ》ごろで、着《き》物《もの》が必要《ひつよう》になったので、冬物《ふゆもの》の着物《きもの》を少《すこ》し用意《ようい》しようということで、物《もの》のありそうなところを、いろいろ物色《ぶっしょく》してまわっていたが、夜中頃《よなかごろ》、世間《せけん》が皆寝《みなね》静《しず》まってから、おぼろな月《つき》のもと、着物《きもの》をたくさん着《き》ている御仁《ごじん》が、袴《はかま》のももだち（左右《さゆう》の空《あ》いているところを縫《ぬ》い止《と》めた箇所《かしょ》）をとりながら、絹製《きぬせい》の狩衣《かりぎぬ》のようなものを着《き》て、たった一人《ひとり》で笛《ふえ》を吹《ふ》き、進《すす》むか進《すす》まぬかの早《はや》さで、おもむろに歩《ある》いていくので、「ああ、これこそ俺《おれ》に着物《きもの》を与《あた》えようと出《で》て来《き》た人《ひと》らしい」と思《おも》い、走《はし》りかかって着物《きもの》を剥《は》いでやろうと思《おも》うのだ

狩衣

が、不思議《ふしぎ》と何《なに》か恐《おそ》ろしい気配《けはい》がするので、後《あと》について、二《に》、三百《さんびゃく》メートルほど行《い》ったが、相手《あいて》は自分《じぶん》をつけてくる人間《にんげん》がいると思《おも》っている様子《ようす》でない。ますます笛《ふえ》をさかんに吹《ふ》きながら行《い》くので、試《ため》してやろうと思《おも》い、足音《あしおと》を高《たか》くして走《はし》り寄《よ》ってみるのだが、笛《ふえ》を吹《ふ》きながら振《ふ》り返《かえ》る相手《あいて》の様子《ようす》は、とても飛《と》びかかれるすきなどあるように思《おも》えなかったので、思《おも》わずぱっと飛《と》びのいた。

❖昔《むかし》、袴垂《はかまだれ》とて、いみじき盗人《ぬすびと》の大将軍《たいしやうぐん》ありけり。十月《かみなづき》ばかりに、衣《きぬ》の用《よう》なりければ、衣少《きぬすこ》しまうけんとて、さるべき所々《ところどころ》、うかがひありきけるに、夜中《よなか》ばかりに、人《ひと》、みな静《しづ》まりはててのち、月《つき》の朧《おぼろ》なるに、衣《きぬ》あまた着《き》たるなるぬしの、指貫《さしぬき》のそば挟《はさ》みて、絹《きぬ》の狩衣《かりぎぬ》めきたる着《き》て、ただ一人《ひとり》、笛吹《ふえふ》きて、行《ゆ》きもやらず、練《ね》り行《ゆ》けば、「あはれ、これこそ、我《われ》に衣得《きぬえ》させせんとて、出《い》でたる人《ひと》なめり」と思《おも》ひて、走《はし》りかかりて衣《きぬ》を剝《は》がむと思《おも》ふに、あやしく物《もの》の恐《おそ》ろしく覚《おぼ》えければ、添《そ》ひて、二《に》、三町《さんちやう》ばかり行《ゆ》けども、我《われ》に人《ひと》こそ付《つ》きたると思《おも》ひたるけしきもなし。いよいよ笛《ふえ》を

吹《ふ》きて行《ゆ》けば、試《こころ》みんと思《おも》ひて、足《あし》を高《たか》くして走《はし》り寄《よ》りたるに、笛《ふえ》を吹《ふ》きながら見《み》返《かへ》りたるけしき、取《と》りかかるべくも覚《おぼ》えざりければ、走《はし》りのきぬ。

こうして何度《なんど》も仕掛《しか》けるものの、前《まえ》を行《い》く狩衣《かりぎぬ》の人物《じんぶつ》は全《まった》く動《どう》ずることなく笛《ふえ》を吹《ふ》き続《つづ》けている。このままでは埒《らち》が明《あ》かないと、袴垂《はかまだれ》が刀《かたな》を抜《ぬ》いて走《はし》り懸《か》かった瞬間《しゅんかん》、「誰《だれ》だ」と振《ふ》り返《かえ》り、その途端《とたん》、袴垂《はかまだれ》は思《おも》わず魂《たましい》が抜《ぬ》けたように膝《ひざ》をついてしまう。重《かさ》ねて「誰《だれ》だ」と問《と》われ、「袴垂《はかまだれ》です」というと、「聞《き》いた名《な》だ。ついて来《こ》い」といわれ、とても逃《に》げられないと思《おも》った袴垂《はかまだれ》は、おずおずと後《あと》についてこの人物《じんぶつ》の邸《やしき》に行《い》く。どこだろうと考《かんが》えてみると、摂津《せっつ》の前司《ぜんじ》藤原保昌《ふじわらのやすまさ》の家《いえ》だった。

家《いえ》の中《なか》に袴垂《はかまだれ》を呼《よ》び入《い》れ、綿《わた》がたっぷり入《はい》った着物《きもの》一《ひと》つを下《くだ》さり、「着《き》物《もの》が必要《ひつよう》な時《とき》は、この邸《やしき》に参《まい》ってその旨《むね》申《もう》せ。様子《ようす》も分《わ》からない人《ひと》にちょっかいを出《だ》して、お前《まえ》が怪我《けが》をせぬように」とおっしゃったのが、あきれるほど、薄気味《うすきみ》悪《わる》く、恐《おそ》ろしかった。大変《たいへん》な貫禄《かんろく》の方《かた》だったと、袴垂《はかまだれ》は、官憲《かんけん》に捕《と》らえられた後《のち》、語《かた》ったのだった。

❖家《いへ》の内《うち》に呼《よ》び入《い》れて、綿厚《わたあつ》き衣《きぬ》一《ひと》つを賜《たま》はりて、「衣《きぬ》の用《よう》あらん時《とき》は、参《まゐ》りて申《まう》せ。心《こころ》も知《し》らざらん人《ひと》に取《と》りかかりて、汝《なむぢ》、あやまちすな」とありしこそ、あさましく、むくつけく、恐《おそ》ろしかりしか。いみじかりし人《ひと》の有様《ありさま》なりと、捕《とら》へられて後《のち》、語《かた》りける。

✽藤原保昌《ふじわらのやすまさ》は、御堂《みどう》関白と称された藤原道長《みちなが》、その子宇治《うじ》殿頼通《よりみち》に仕えた人物で、その庇護《ひご》を背景に、複数の国の国守を歴任した。また、一話にちらっと登場した和泉《いずみ》式部《しきぶ》と結婚したことでも知られている。

本話では、大盗賊袴垂《はかまだれ》が、のこのこついていかざるを得ぬほどの保昌の迫力が語られる。着物をくれ「怪我をせぬように」と注意されて解き放たれる——相手の異様な怖ろしさも、柄《がら》にもなく言いなりになっている自分の有様も、訳がわからないという気分だったことだろう。

そもそも、夜中に値の張りそうな着物を何枚も着て、ゆっくりゆっくり笛を吹いて歩いている保昌は、魔物をおびき寄せる、あるいはむしろ保昌自身が一種の魔物であるかのような光景である。

◆三〇話「唐《もろこし》の卒都婆《そとば》に血《ち》が付《つ》いた話《はなし》」

昔《むかし》、中国《ちゅうごく》に大《おお》きな山《やま》があり、その山頂《さんちょう》に大《おお》きな卒都婆《そとば》（墓用《はかよう》の石《いし》や塔《とう》）が一《ひと》つ立《た》っていた。その山《やま》の麓《ふもと》の里《さと》に、八十歳《はちじっさい》くらいのおばあさんが住《す》んでいたが、毎日一度《まいにちいちど》、その山頂《さんちょう》の卒都婆《そとば》を点検《てんけん》しに行《い》っていた。大変険《たいへんけわ》しい道《みち》のりなのに、どんな天候《てんこう》の日《ひ》も一日《いちにち》も欠《か》かさず必《かなら》ず点検《てんけん》しに行《い》ったが、それを知《し》る人《ひと》はいなかった。夏《なつ》の暑《あつ》い時分《じぶん》、腰《こし》が曲《ま》がったこのおばあさんが、杖《つえ》にすがりながら登《のぼ》ってきて、卒都婆《そとば》を一周《いっしゅう》し、拝《おが》むでもなく帰《かえ》っていくのを、涼《すず》みに来《き》ていた若《わか》い男《おとこ》たちが度々目撃《たびたびもくげき》する。不思議《ふしぎ》に思《おも》い理由《りゆう》を聞《き》くと、おばあさんは「私《わたし》は物心《ものごころ》ついてからこの方《かた》、七十余年間《ななじゅうよねんかん》、毎日《まいにち》こうして卒都婆《そとば》を点検《てんけん》しているのです。わが家《や》はひどく長生《ながい》きの一族《いちぞく》で、親《おや》は百二十歳《ひゃくにじっさい》、祖父《そふ》は百三十《ひゃくさんじゅう》、先祖《せんぞ》は二百余歳《にひゃくよさい》まで生《い》きた。この卒都婆《そとば》に血《ち》がついた時《とき》、この山《やま》は崩《くず》れて深《ふか》い海《うみ》になる、と代々伝《だいだいつた》えられて来《き》たと父《ちち》から聞《き》いた。麓《ふもと》に住《す》む我々《われわれ》はそうなったら一《ひと》たまりもないので、毎日見《まいにちみ》に来《き》ているのです」という。若《わか》い男《おとこ》たちは、ばかではないかと思《おも》い、おばあさんと別《わか》れた後《あと》「明日来《あしたき》た時《とき》にびっくりさせてやろう」と言《い》って、卒都婆《そとば》に血《ち》をつけ、下山《げざん》すると、里《さと》の人々《ひとびと》におばあさんのことを広《ひろ》め、皆《みな》と一緒《いっしょ》になって笑《わら》っていた。

こうして翌日《よくじつ》、いつものようにおばあさんが山《やま》に登《のぼ》って見《み》ると、卒都婆《そとば》に血《ち》がべったりとついていたので、おばあさんは見《み》るまに顔色《かおいろ》が変《か》わり、倒《たお》れころびながら麓《ふもと》に走《はし》り帰《かえ》り、「里《さと》の皆《みな》さん、早《はや》く避難《ひなん》して生《い》き延《の》びて。この山《やま》が今崩《いまくず》れて、深《ふか》い海《うみ》になろうとしている」と叫《さけ》び、広《ひろ》く知《し》らせて回《まわ》ると、家《いえ》に帰《かえ》り、子《こ》や孫《まご》に家財道具《かざいどうぐ》を背負《せお》わせ、自分《じぶん》も持《も》って、大慌《おおあわ》てで引《ひ》っ越《こ》した。

❖かくて、またの日《ひ》、女登《をんなのぼ》りて見《み》るに、卒都婆《そとば》に血《ち》のおほらかに付《つ》きたりければ、女《をんな》うち見《み》るままに色《いろ》を違《たが》へて、倒《たふ》れまろび、走《はし》り帰《かへ》りて、叫《さけ》び言《い》ふやう、「この里《さと》の人々《ひとびと》、とく逃《に》げ退《の》きて命生《いのちい》きよ。この山《やま》はただ今崩《いまくづ》れて、深《ふか》き海《うみ》となりなんとす」とあまねく告《つ》げまはして、家《いへ》に行《ゆ》きて、子孫《こまご》どもに、家《いへ》の具足《ぐそく》ども負《お》ほせ持《も》たせて、おのれも持《も》ちて、手惑《てまど》ひして里移《さとうつ》りしぬ。

これを見《み》て、血《ち》を塗《ぬ》った若《わか》い男《おとこ》たちは手《て》を叩《たた》きながら笑《わら》っていたが、しばらくすると、空《そら》が真《ま》っ暗《くら》になり、山《やま》が揺《ゆ》れはじめ、どうした、どうした、と言《い》った時《とき》にはもう遅《おそ》く、山《やま》が崩《くず》れ、深《ふか》い海《うみ》になって、笑《わら》っていた連中《れんちゅう》は皆死《みなし》んでしまった。全《まった》く驚《おどろ》きあきれる出来事《できごと》だった。

✿『宇治拾遺物語』の巻頭から読み進めて来て、初めて登場する中国の話である。現代日本のように超高齢社会になる前、長生きな人は天から選ばれた人である、という発想があった。今回、若い男たちがおばあさんをからかおうと卒都婆《そとば》に血を塗った翌日、山が崩れたのは、年寄りや言い伝えを馬鹿にする悪事を天が見ていて、罰が当たったということなのだろうか。多分そうではない。山頂の卒都婆に血が付《ひ》くという、どういう時にそれが起こるのかちょっと考えただけでは分からないことを、惹き起こしてしまう運命の人が、意外にもこの若者たちだったということではないだろうか。自分たちが悪戯心《いたずらごころ》から「思いついた」つもりの行動が、実は遠い昔から彼らに定められた運命だったのである。

ずっと前から、こういう人間がいずれ出て来ることは織り込み済みだった、という話は、八話「易《えき》の占ひして金取り出《い》だす事」にも描かれている。易の占いをする父親が、何十年か後に易の占いのできる旅人が邸《やしき》に来ることを占い、娘に宝の全てを渡してしまって早くになくすと心配なので、その旅人がやって来た時に、宝のありかを占い出して娘に伝えてくれるように考え、成功する。当の旅人はそんなこととはつゆ知らず、この邸に泊まるのである。その人が考えているずっと前から、事態は動き始めていた、というタイプの説話は今後も度々出て来るので、その時にまた言及したい。

◆四九話「小野篁《おののたかむら》が才人《さいじん》だった話《はなし》」

今《いま》は昔《むかし》、小野篁《おののたかむら》という人《ひと》がいらした。嵯峨天皇《さがてんのう》の時代《じだい》のある日《ひ》、皇居《こうきょ》に札《ふだ》が立《た》ててあり、「無悪善」と書《か》かれていた。天皇《てんのう》が篁《たかむら》に「読《よ》め」とおっしゃったところ、篁《たかむら》は「読《よ》むには読《よ》めます。しかし、畏《おそ》れ多《おお》い内容《ないよう》なので申《もう》せません」と申《もう》し上《あ》げたところ、天皇《てんのう》が「いいから申《もう》せ」と何度《なんど》もおっしゃるので、「嵯峨《さが》がいないとよい、と申《もう》しております。ですから、陛《へい》下《か》を呪《のろ》い申《もう》し上《あ》げているのです」と申《もう》したところ、「これはお前《まえ》以外《いがい》に書《か》けるはずのない札《ふだ》だ」と天皇《てんのう》がおっしゃったので、「だから申《もう》しませんと申《もう》しましたのに」と申《もう》し上《あ》げたところ、天皇《てんのう》が「では、自分《じぶん》の書《か》いたもの以外《いがい》であっても、何《なん》でも読《よ》めるか」とおっしゃったので「何《なん》でも読《よ》みましょう」と申《もう》した。そこで天皇《てんのう》は、「子《ね》」の字《じ》を十二《じゅうに》お書《か》きになって「読《よ》め」とおっしゃったところ、「ねこの子《こ》は子《こ》ねこ、ししの子《こ》は子《こ》じし」と読《よ》んだので、天皇《てんのう》はほほえまれて、何《なん》のおとがめもなく沙汰《さた》止《や》みになった。

❖今《いま》は昔《むかし》、小野《をの》篁《たかむら》といふ人《ひと》おはしけり。嵯峨《さが》の御門《みかど》の御時《おんとき》に、内裏《だいり》に札《ふだ》を立《た》てたりけるに、「無悪善」と書《か》きたりけり。御門《みかど》、篁《たかむら》に「読《よ》め」と仰《おほ》せられたりければ、「読《よ》みは読《よ》み候《さうら》ひなむ。されど、恐《おそ》れにて候《さうら》へば、え申《まう》し候《さうら》はじ」と奏《そう》しければ、「ただ申《まう》せ」とたびたび仰《おほ》せられければ、「さがなくてよからん、と申《まう》して候《さうら》ふぞ。されば、君《きみ》を呪《のろ》ひ参《まゐ》らせて候《さうら》ふなり」と申《まう》しければ、「これはおのれ放《はな》ちては、誰《たれ》か書《か》かん」と仰《おほ》せられければ、「さればこそ、申《まう》し候《さうら》はじとは申《まう》して候《さうら》ひつれ」と申《まう》すに、御門《みかど》、「さて、何《なに》も書《か》きたらんものは、読《よ》みてんや」と仰《おほ》せられければ、「何《なに》にても読《よ》み候《さうら》ひなん」と申《まう》しければ、片仮名《かたかな》の子文字《ねもじ》を十二《じふに》書《か》かせ給《たま》ひて、「読《よ》め」と仰《おほ》せられければ、「ねこの子《こ》の子《こ》ねこ、ししの子《こ》の子《こ》じし」と読《よ》みたりければ、御門《みかど》、ほほゑませ給《たま》ひて、事《こと》なくてやみにけり。

✲小野篁《おののたかむら》は、父岑守《みねもり》同様大学者で、有能な官吏。若い頃、乗馬に明け暮れて学問を顧みなかったので、嵯峨《さが》天皇が「偉大な父の子が、このようなありさまでよいものか」と慨嘆したと聞き、自分への期待を感じて発奮、大いに学問に励んだとされる。遣唐使《けんとうし》団の副長官を命ぜられた際、長官と揉《も》め、批判の詩を作って嵯峨上皇を激怒させ、隠岐《おき》に配流される時に詠んだ和歌が、『百人一首《ひゃくにんいっしゅ》』「わたのはら八十島《やそしま》かけて漕《こ》ぎ出でぬと」である。実力がありあまる篁は、昼は朝廷の官吏、夜はあの世の第二の冥《みょう》官《かん》として閻魔《えんま》大王に仕えているという噂もあった。

嵯峨天皇は九世紀はじめの天皇で、兄平城《へいぜい》上皇が起こした政治的事件、薬子《くすこ》の変を乗り切り、平安京《へいあんきょう》を都として定着させた。自身も漢詩文にすぐれ、その治世下には、勅撰《ちょくせん》漢詩集の『凌雲集《りょううんしゅう》』『文華秀麗集《ぶんかしゅうれいしゅう》』が編まれ、朝廷の儀式の整備も進んだ。空《くう》海《かい》・橘 逸勢《たちばなのはやなり》と共に三筆の一人。そういう力のある天皇だけに批判的な勢力があり、皇居に札も立てられたのだろう。

何か書いて、「いつこんなものをここに立てたのだろう」というところに立てておくのが「札を立てる」という行為で、目立つところに何か書いたものをぽとっと落としておく「落書《らくしょ》」と発想が共通している。書かれる中身は、体制批判の類《たぐい》だった。今回立てられた札には漢字三文字が書かれており、解読には、当時の「なぞなぞ」で用いられていたのと似た手法を用いることになる。「悪」という漢字の訓読みは「あし」

「わろし」などの他に、人柄を表す「さが」があり、すると「無悪」の部分を返読して「さが・なし」、「善」の字は「よし」と読めるので、「さが・なし・よし」、助詞・助動詞を補って活用語尾を整え、「さが・なくて・よからん」と読める、というのである。

当時、片仮名の「ネ」に、今の漢字の「子」の字を用いていた。「子」は「こ」とも「し」とも干支《えと》の「ね」とも発音できる。その三種類の音を組み合わせ、意味のある語順に整えたのが篁の解答。なるほど、いつ誰から何を出題されても読めるのだから、「無悪善」も篁自身の出した問題とは限らない、ということで、今回はおとがめなし。この説話から、篁といえば漢字の達人、というイメージが形作られ、江戸《えど》時代にはそれを踏まえたタイトルの漢字学習用の教科書、『小野篁歌字尽《うたじづくし》』が作られて、明治時代初期に至るまで版を重ね、式亭三馬《しきていさんば》はそのパロディー『小野 憃 譃字尽《ばかむらうそじづくし》』を著したほどだった。

◆五七話「石橋《いしばし》の下《した》の蛇《へび》の話《はなし》」

この頃《ころ》の事《こと》なのだが、ある女《おんな》が、雲林院《うりんいん》の菩提講《ぼだいこう》に行《い》こうと、西大宮大路《にしおおみやおおじ》を北上《ほくじょう》していると、西院《さいいん》のあたり近《ちか》くに石橋《いしばし》があり、川《かわ》のそばを、二十歳代《にじっさいだい》、三十近《さんじゅうちか》いかと思《おも》われる女房《にょうぼう》が、腰《こし》の中《なか》ほどを結《むす》び、着物《きもの》の裾《すそ》を上《あ》げて動《うご》きやすくした姿《すがた》で通《とお》り、石橋《いしばし》の石《いし》の一部《いちぶ》を踏《ふ》み返《かえ》して通《とお》り過《す》ぎたあと、踏《ふ》み返《かえ》された石《いし》の下《した》に、まだら柄《がら》の小《ちい》さな蛇《へび》が、くるくるととぐろを巻《ま》いていた。「石《いし》の下《した》に蛇《へび》がいたのだ」と見《み》ていたが、この石橋《いしばし》の石《いし》を踏《ふ》み返《かえ》した女房《にょうぼう》の後《うし》ろを、揺《ゆ》れながら、この蛇《へび》がついて行《い》くので、後《うし》ろを行《い》く女《おんな》は奇妙《きみょう》に思《おも》い、「蛇《へび》はどういうつもりでついて行《い》くのだろう。石《いし》を踏《ふ》み返《かえ》され、その下《した》から出《だ》されたのを不愉快《ふゆかい》に思《おも》って、仕返《しかえ》しをしようと思《おも》っているのだろうか。この蛇《へび》がどうするのか見《み》よう」と思《おも》い、女《おんな》が、女房《にょうぼう》と蛇《へび》の後方《こうほう》について行《い》くと、女房《にょうぼう》は時々後《ときどきうし》ろを振《ふ》り向《む》くことはあったが、自分《じぶん》のお供《とも》に、蛇《へび》がついて来《き》ているなどとは知《し》らない様子《ようす》だ。また、女《おんな》と同《おな》じように、女房《にょうぼう》の後《うし》ろを同《おな》じ方向《ほうこう》に行《い》く人《ひと》はいるが、蛇《へび》が女房《にょうぼう》について行《い》くのに、気付《きづ》いて何《なに》か言《い》う人《ひと》もいない。ただ、自分《じぶん》の目《め》にだけ見《み》えているようなので、「この蛇《へび》がどうするつもりなのか見届《みとど》けよう」と思《おも》い、この女《にょう》房《ぼう》の後《うし》ろをぴったり離《はな》れず歩《ある》いていくうちに、雲林院《うりんいん》に到着《とうちゃく》した。

❖この近《ちか》くの事《こと》なるべし。女《をんな》ありけり。雲林院《うりんゐん》の菩提講《ぼだいかう》に、大宮《おほみや》を上《のぼ》りに参《まゐ》りけるほどに、西院《さいゐん》の辺近《へんちか》くなりて、石橋《いしばし》ありけり。水《みづ》のほとりを、二十《はたち》あまり、三十《みそじ》ばかりの女房《にようばう》、中結《なかゆ》ひて歩《あゆ》み行《ゆ》くが、石橋《いしばし》を踏《ふ》み返《かへ》して過《す》ぎぬるあとに、踏《ふ》み返《かへ》されたる橋《はし》の下《した》に、まだらなる小蛇《こくちなは》の、きりきりとしてゐたれば、「石《いし》の下《した》に蛇《くちなは》のありける」と見《み》るほどに、この踏《ふ》み返《かへ》したる女《をんな》のしりに立《た》ちて、ゆらゆらとこの蛇《くちなは》の行《ゆ》けば、しりなる女《をんな》の見《み》るにあやしくて、「いかに思《おも》ひて行《ゆ》くにかあらん。踏《ふ》み出《い》だされたるを悪《あ》しと思《おも》ひて、それが報答《ほうたふ》せんと思《おも》ふにや。これがせんやう見《み》む」とて、しりに立《た》ちて行《ゆ》くに、この女《をんな》、時々《ときどき》は見返《みかへ》りなどすれども、我《わ》が供《とも》に、蛇《くちなは》のあるとも知《し》らぬげなり。また、同《おな》じやうに行《ゆ》く人《ひと》あれども、蛇《くちなは》の女《をんな》に具《ぐ》して行《ゆ》くを、見《み》つけ言《い》ふ人《ひと》もなし。ただ最初《さいしよ》見《み》つけつる女《をんな》の目《め》にのみ見《み》えければ、「これがしなさんやう見《み》ん」と思《おも》ひて、この女《をんな》のしりを離《はな》れず、歩《あゆ》み行《ゆ》くほどに、雲林院《うりんゐん》に参《まゐ》り着《つ》きぬ。

女房《にようぼう》が寺《てら》の板敷《いたじき》に上《あ》がって座《すわ》ると、蛇《へび》も上《あ》がり、女房《にようぼう》のそばにとぐろを巻《ま》いて臥《ふ》していたが、それを見《み》つけて騒《さわ》ぐ人《ひと》はいない。講《こう》が終《お》わると、またしても蛇《へび》は女房《にようぼう》の後《あと》について寺《てら》を出《で》る。女房《にようぼう》は平安京《へいあんきよう》の北《きた》の郊外《こうがい》にある雲林院《うりんいん》から、都《みやこ》の中心部《ちゆうしんぶ》の方向《ほうこう》に向《む》かい、南《みなみ》に進《すす》んである家《いえ》に入《はい》り、蛇《へび》もついて入《はい》った。女《おんな》は、ここが女房《にようぼう》の家《いえ》かと思《おも》い、何《なに》か起《お》きるのは夜《よる》だろうと考《かんが》え、この家《いえ》に入《はい》って行《い》って「田舎《いなか》より上京《じようきよう》した者《もの》ですが、泊《と》まるところのあてがないので、今夜《こんや》一晩《ひとばん》泊《と》めて下《くだ》さいませんか」と言《い》うと、この女房《にようぼう》は家《いえ》の人《ひと》に取《と》り次《つ》ぎ、老女《ろうじよ》が出《で》て来《き》て、宿泊《しゆくはく》を快諾《かいだく》してくれた。女《おんな》が家《いえ》に招《まね》き入《い》れられ、見《み》ると、板敷《いたじき》のある部屋《へや》に女房《にようぼう》はいて、蛇《へび》はというと、板敷《いたじき》の下《した》の、柱《はしら》のところにとぐろを巻《ま》いていた。よく見《み》ると、蛇《へび》は女房《にようぼう》をじっと見《み》つめて見上《みあ》げていた。女房《にょうぼう》の話《はなし》から、どこかに宮仕《みやづか》えしている人《ひと》らしいと分《わ》かった。翌朝《よくあさ》、女房《にょうぼう》の様子《ようす》を見《み》るが、特《とく》に何《なん》でもないようで、家《いえ》のあるじらしい老女《ろうじょ》に向《む》かって「ゆうべ、夢《ゆめ》を見《み》た」と話《はな》す。夢《ゆめ》は次《つぎ》のようだった。

私《わたし》の寝《ね》ている枕上《まくらがみ》に、人《ひと》がいる気配《けはい》がしたので見《み》ると、腰《こし》から上《うえ》は人間《にんげん》で、下《した》は蛇《へび》の美《うつく》しい女《おんな》がいて、「私《わたし》は人《ひと》を恨《うら》んで、このような蛇《へび》の身《み》に生《う》まれ、石橋《いしばし》の下《した》で長《なが》い年月《ねんげつ》を過《す》ごしていて、つらいと思《おも》っていたところ、昨日《きのう》、あなたが私《わたし》の上《うえ》の重石《おもし》の石《いし》を踏《ふ》み返《かえ》して下《くだ》さったことに助《たす》けられ、石《いし》の苦《くる》しみを逃《のが》れ、うれしかったので、この人《ひと》の行《ゆ》く先《さき》を見届《みとど》けて、お礼《れい》を申《もう》し上《あ》げようと思《おも》ってついて参《まい》りましたところ、菩提講《ぼだいこう》に参加《さんか》なさったので、おかげで、六道《ろくどう》の中《なか》で滅多《めった》にめぐりあえない仏法《ぶっぽう》のお説教《せっきょう》をうかがうことができ、多《おお》くの罪《つみ》を滅《ほろ》ぼすことさえできて、そのおかげで人《ひと》に生《う》まれ変《か》われる功徳《くどく》も積《つ》めたので、いよいよありがたくて、こうしてご挨拶《あいさつ》に参《まい》りました。このお礼《れい》には、いろいろな物事《ものごと》の巡《めぐ》り合《あ》わせがよくなるようにしてさしあげ、よい男性《だんせい》と結婚《けっこん》できるようにしてさしあげます」と言《い》われる夢《ゆめ》を見《み》た。

❖この寝《ね》たる枕上《まくらがみ》に、人《ひと》のゐると思《おも》ひて見《み》れば、腰《こし》より上《かみ》は人《ひと》にて、下《しも》は蛇《くちなは》なる女《をんな》の清《きよ》げなるがゐて、言《い》ふやう、「おのれは、人《ひと》を恨《うら》めしと思《おも》ひしほどに、かく蛇《くちなは》の身《み》を受《う》けて、石橋《いしばし》の下《した》に多《おほ》くの年《とし》を過《す》ぐして、わびしと思《おも》ひゐたるほどに、昨日《きのふ》、おのれが重石《おもし》の石《いし》を踏《ふ》み返《かへ》し給《たま》ひしに助《たす》けられて、石《いし》のその苦《く》をまぬかれて、うれしと思《おも》ひ給《たま》へしかば、この人《ひと》のおはし着《つ》かん所《ところ》を見《み》おき奉《たてまつ》りて、よろこびも申《まう》さむと思《おも》ひて、御供《おんとも》に参《まゐ》りしほどに、菩《ぼ》提講《だいかう》の庭《には》に参《まゐ》り給《たま》ひければ、その御供《おんとも》に参《まゐ》りたるによりて、あひがたき法《のり》を承《うけたまは》りたるによりて、多《おほ》く罪《つみ》をさへ滅《ほろ》ぼして、その力《ちから》にて人《ひと》に生《むま》れ侍《はべ》るべき功徳《くどく》の近《ちか》くなり侍《はべ》れば、いよいよよろこびをいただきて、かくて参《まゐ》りたるなり。この報《むく》いには、物《もの》よくあらせ奉《たてまつ》りて、よき男《をとこ》など合《あ》はせ奉《たてまつ》るべきなり」と言《い》ふとなん見《み》つる。

女房《にょうぼう》のこの話《はなし》を聞《き》いた女《おんな》は、たまらず「私《わたし》は実《じつ》は、田舎《いなか》から上京《じょうきょう》した人間《にんげん》ではなく、そこそこにおります者《もの》です……」とこの間《かん》の事情《じじょう》を話《はな》し、「あの蛇《へび》は、夜中過《よなかす》ぎまでは柱《はしら》の下《した》にいたが、今《いま》は姿《すがた》が見《み》えません。夢《ゆめ》の話《はなし》をうかがって恐《おそ》ろしくなり、今《いま》、事情《じじょう》をお話《はな》しする次第《しだい》です」と言《い》い、その後《ご》、二人《ふたり》はしきりと行《い》き来《き》して、親《した》しく付《つ》き合《あ》った。この女房《にょうぼう》は、この後何《あとなん》とも運《うん》がよくなって、この頃《ごろ》は、大臣家《だいじんけ》の、とても裕福《ゆうふく》な下家司《しもけいし》（六位以下《ろくいいか》で御大家《ごたいけ》に仕《つか》える人《ひと》）の妻《つま》となって、何不自由《なにふじゆう》なく暮《く》らしている。探《さが》せばすぐ誰《だれ》と分《わ》かる人《ひと》だということだ。

✽雲林院《うりんいん》は、現京都市北《きた》区、大徳寺《だいとくじ》のあたりにあった寺で、菩提《ぼだい》講は、極楽往生を求めて法華経について説く法会《ほうえ》。身分の高下を問わず、多くの善男善女が集まった。歴史物語の『大鏡《おおかがみ》』は、この雲林院の菩提講の講師の登壇を待つ間に、百九十歳の大《おお》宅世継《やけのよつぎ》と、百八十歳の夏山繁樹《なつやまのしげき》という老人が、自らの見聞した歴史を語る、と設定されている。

仏教では、前世で犯した罪などのため、六つの迷いの世界（六道。地獄・餓鬼・畜生・阿修羅・人・天）に生まれ変わり、罪をつぐなうと考えられていた。例えば二話の平茸《ひらたけ》は、前世で僧侶《そうりょ》だった者たちが、犯した罪のつぐないのため、きのことなって食べられることを、各地で一定期間続けているようだった。本話の蛇も元は人間で、人を恨んだことが蛇に転生したきっかけだったという。一三四話「日蔵上人《しょうにん》が吉野山で鬼に会った話」には、鬼に転生した人物も登場する。また、本話の蛇が半身は蛇で半身は人間の女性として登場するのは、一つには、転生の途中の姿を見せるためがあっただろう。例えば『日本霊異記《にほんりょういき》』には、現世での罪のため、亡くなって日数の経っていない遺体が、半分は人間、半分は牛になっていたというショッキングな記事も見られる。

動物の恩返し説話では、「こんな力を発揮できるのに、こういうことはできないのだな」と感じる部分が見られることが多い。本話の場合なら、恩返しに良縁をもたらすことはできるが、自分が閉じ込められている橋の石をとりのけることはできないのだ。

探せばあの人と分かる同時代の身近な人の身にも、このような不思議なことが起きたことへの驚きが語られているが、本話の全体は、まさに菩提講のお導きによるものと、人々に受け止められたことだろう。

◈五九話「三河《みかわ》の入道《にゅうどう》が遁世《とんせい》した話《はなし》」

三河《みかわ》の入道《にゅうどう》寂照《じゃくしょう》（俗名《ぞくみょう》大江定基《おおえのさだもと》）が、まだ俗人《ぞくじん》だった当時《とうじ》、元《もと》の妻《つま》を離縁《りえん》して、若《わか》く美《うつく》しい女《おんな》に心変《こころが》わりして、その女《おんな》を妻《つま》にして三河《みかわ》の国《くに》（現《げん》愛知県東部《あいちけんとうぶ》）に連《つ》れて下向《げこう》したが、その女《おんな》は長《なが》く病《やまい》に臥《ふ》せり、美《うつく》しかった容貌《ようぼう》も衰《おとろ》えて亡《な》くなった。いとおしさのあまりに、野辺送《のべおく》りもせず、日《ひ》がな一日共寝《いちにちともね》して、口《くち》づけなどしたところ、ひどい匂《にお》いが口《くち》からしたので、疎《うと》ましく思《おも》う気持《きも》ちが初《はじ》めて起《お》きて、泣《な》く泣《な》く葬《ほうむ》った。

❖三河《みかは》の入道《にふだう》、いまだ俗《ぞく》にてありける折《をり》、元《もと》の妻《め》をば去《さ》りつつ、若《わか》く、かたちよき女《をんな》に思《おも》ひつきて、それを妻《め》にて、三河《みかは》へ率《ゐ》て下《くだ》りけるほどに、その女《をんな》、久《ひさ》しくわづらひて、よかりけるかたちも衰《おとろ》へて失《う》せにけるを、悲《かな》しさのあまりに、とかくもせで、夜《よる》も昼《ひる》も語《かた》らひ臥《ふ》して、口《くち》を吸《す》ひたりけるに、あさましき香《か》の、口《くち》より出《い》で来《き》たりけるにぞ、疎《うと》む心出《こころい》で来《き》て、泣《な》く泣《な》く葬《はふ》りてける。

この件《けん》の後《のち》、定基《さだもと》は、この世《よ》は悲《かな》しいところなのだ、と思《おも》うようになり、三河《みかわ》の国《くに》に赴任後《ふにんご》、生《い》きた雉《きじ》を献上《けんじょう》された際《さい》、「この雉《きじ》を生《い》きたまま捌《さば》いたらいっそう美味《びみ》だろうか試《こころみ》よ」と命《めい》じる。雉《きじ》は血《ち》の涙《なみだ》を流《なが》しながら眼《め》をしばたたいて、周囲《しゅうい》の人々《ひとびと》に眼《め》を合《あ》わせて助《たす》けを求《もと》めるが、悲痛《ひつう》な叫《さけ》び声《ごえ》をあげて死《し》ぬ。定基《さだもと》は、涙《なみだ》を流《なが》しおめき叫《さけ》ぶと、そのまま国府《こくふ》を出《で》て京《きょう》に上《のぼ》り、法師《ほうし》になってしまった。本当《ほんとう》の仏道心《ぶつどうしん》を起《お》こしての出家《しゅつけ》だったので、その心《こころ》をゆるぎないものにするために、このような普通《ふつう》でないことをしてみたのだった。

寂照《じゃくしょう》は、信者《しんじゃ》から、必要《ひつよう》な食《た》べ物《もの》・着《き》る物《もの》を寄付《きふ》してもらう乞食行《こつじきぎょう》を行《おこな》い、ある家《いえ》で、庭《にわ》に筵《むしろ》を敷《し》いて食事《しょくじ》を与《あた》えられたことがあった。食《た》べようとすると、御簾《みす》の中《なか》から立派《りっぱ》な衣裳《いしょう》の女性《じょせい》が姿《すがた》を現《あらわ》し、「こういう姿《すがた》を見《み》たいと思《おも》っていた」と目《め》を合《あ》わせる。かつて捨《す》てた古《ふる》い妻《つま》だった。しかし寂照《じゃくしょう》は、今《いま》の姿《すがた》を恥《は》ずかしいとも苦《くる》しいとも思《おも》う様子《ようす》もなく「ああ、ありがたい」と言《い》って、出《だ》された食事《しょくじ》を食《た》べて帰《かえ》って行《い》った。

まったくまれに見《み》る立派《りっぱ》な心根《こころね》だ。仏道心《ぶつどうしん》を固《かた》く起《お》こしているので、こういう目《め》にあっても、既《すで》に苦《くる》しく思《おも》わないのである。

✽三河《みかわ》の入道《にゅうどう》寂照《じゃくしょう》、俗名大江定基《おおえのさだもと》（？～一〇三四）は、紀伝道（中国の歴史書や『文選』・詩文などを学ぶ大学寮の専攻科目）を学び、蔵人《くろうど》などを歴《へ》て三河の守《かみ》になった。出家して、寂心《じゃくしん》（俗名慶滋保胤《よししげのやすたね》）や、『往生要集《おうじょうようしゅう》』の作者恵心僧都《えしんそうず》源信《げんしん》らに学び、一〇〇三年に中国の五台山《ごだいさん》巡礼のために入宋《にっそう》、円通《えんつう》大師の号を贈られ、中国杭州《こうしゅう》で亡くなった。

遺体が傷んでいく状態を見て、人間がいかにはかなく穢《けが》れたものかを感じ取ろうという修行を「不浄観」と言うが、妻の遺体の変化を見た定基は、はからずもこの修行を行ったことになる。

定基は、わざと滅《め》茶《ちゃ》苦茶なことを生き物に強《し》い、周囲に命じる「悪人」としての自分を人前にさらし、あさましい姿を確認しようとしている。こんなひどいことをせずとも、黙って出家すればよさそうなものだが、定基の気持ちとしては、自分を抜き差しならないところに追い込まねば、自分の弱い心を不退転の状態にする自信がなかったのだろう。

定基の出家にまつわる説話は幾重にも劇的だ。単に宗教者として渡世するというのではなく、仏道心を強く抱いて人が俗世を離れるには、それぞれのドラマがあるのである。なお、あの気の毒な雉《きじ》は、寂照が仏道に入るために役に立った、と宗教的には考えられる。寂照の悟りを実現する助けになったことで地獄の業《ごう》を現世《げんせ》で先に償《つぐな》い、来世《らいせ》では極楽に行けたものと、せめて思いたいところである。

◆七二話「以長《もちなが》の物忌《ものいみ》の話《はなし》」

これも今《いま》は昔《むかし》、大膳亮大夫《だいぜんのすけのたいふ》橘《たちばな》以長《のもちなが》という蔵人《くろうど》の五位《ごい》（かつて六位《ろくい》の蔵人《くろうど》で、五位《ごい》に叙《じょ》されたために蔵人《くろうど》を退《しりぞ》いた人《ひと》）がいた。この以長《もちなが》が、ある日《ひ》、宇治《うじ》の左大臣殿頼長公《さだいじんどのよりながこう》から召《め》され、以長《もちなが》は「今日明日《きょうあす》は厳重《げんじゅう》な物忌《ものいみ》を致《いた》しますので」と申《もう》し上《あ》げたところ、「これは何《なん》としたこと。宮仕《みやづか》えする者《もの》に物忌《ものいみ》などという事《こと》があってよいものか。必ず参上《さんじょう》せよ」と厳《きび》しく呼《よ》び出《だ》されたので、不安《ふあん》だったが、頼長公《よりながこう》のもとに参上《さんじょう》した。

❖これも今《いま》は昔《むかし》、大膳亮大夫《だいぜんのすけのたいふ》橘《たちばな》以長《のもちなが》といふ蔵人《くらうど》の五位《ごゐ》ありけり。宇治《うぢ》の左大臣《さだいじん》殿《どの》より召《め》しありけるに、「今明日《けふあす》はかたき物忌《ものいみ》を仕《つかまつ》ること候《さうら》ふ」と申《まう》したりければ、「こはいかに。世《よ》にある者《もの》の、物忌《ものいみ》といふ事《こと》やはある。たしかに参《まゐ》れ」と召《め》しきびしかりければ、恐《おそ》れながら参《まゐ》りにけり。

そんなことがあって十日《とおか》ほどした後《のち》、今度《こんど》は左大臣殿頼長公《さだいじんどのよりながこう》に、聞《き》いたこともないほど厳重《げんじゅう》な物忌《ものいみ》が必要《ひつよう》になった。お邸《やしき》の御門《みかど》の隙間《すきま》には、楯《たて》を並《なら》べ、仁王講《にんのうこう》（仁王般若経《にんのうはんにゃきょう》を読《よ》む法会《ほうえ》。魔除《まよ》けに効果《こうか》が高《たか》いとされていた）のための僧侶《そうりょ》も、姉上《あねうえ》である高陽院《かやのいん》のいらっしゃる建物側《たてものがわ》の通用口《つうようぐち》から入《はい》ってもらい、おつきの童子《どうじ》たちは通《とお》さないほどの厳重《げんじゅう》な警戒《けいかい》ぶりだった。

頼長公《よりながこう》が物忌《ものいみ》なさっていると聞《き》きつけるや、以長《もちなが》は急《いそ》ぎお邸《やしき》に参上《さんじょう》し、通用口《つうようぐち》から押《お》し通《とお》ってしまう。以長《もちなが》が蔵人所《くろうどどころ》（御大家《ごたいけ》の執務室《しつむしつ》）で、なんということもないことを大声《おおごえ》で話《はな》しているのを頼長公《よりながこう》がお聞《き》きになり、「あの大《おお》きな声《こえ》で話《はな》しているのは誰《だれ》か。これほど厳重《げんじゅう》な物忌《ものいみ》に、昨晩《さくばん》から籠《こ》もっていたのか確認《かくにん》せよ」との仰《おお》せ。側近《そっきん》がその旨《むね》以長《もちなが》に伝《つた》えに行くと、以長《もちなが》は、近《ちか》くの部屋《へや》にいる頼長公《よりながこう》の耳《みみ》に届《とど》くよう大《おお》きな声《こえ》で、誰憚《だれはばか》ることなく次《つぎ》のように答《こた》えた。

「先日《せんじつ》、私的《してき》に物忌《ものいみ》を致《いた》しておりました時《とき》に、頼長公《よりながこう》は私《わたし》をお召《め》しになりました。『今日《きょう》は物忌《ものいみ》です』と申《もう》しましたが、『物忌《ものいみ》などという事《こと》があってよいものか。必ず参上《さんじょう》せよ』と仰《おお》せられたので、参上致《さんじょういた》しました。ですから、このお邸《やしき》には物忌《ものいみ》という事《こと》はないのだと知《し》ったのでございます」と申《もう》したので、これをお聞《き》きになった頼長公《よりながこう》は、頷《うなず》かれ、何《なに》もおっしゃることなく、沙汰《さた》止《や》みになったということだ。

❖**「過《す》ぎ候《さうら》ひぬるころ、私《わたくし》に物忌《ものいみ》仕《つかまつ》りて候《さうら》ひしに、召《め》され候《さうら》ひき。物忌《ものいみ》のよしを申《まう》し候《さうら》ひしを、物忌《ものいみ》といふ事《こと》やはある。たしかに参《まゐ》るべきよし、仰《おほ》せ候《さうら》ひしかば、参《まゐ》り候《さうら》ひにき。されば、物忌《ものいみ》といふ事《こと》は候《さうら》はぬと知《し》りて候《さうら》ふなり」と申《まう》しければ、聞《き》かせ給《たま》ひて、うちうなづきて、物《もの》も仰《おほ》せられで、やみにけりとぞ。**

✽宇治《うじ》の左大臣《さだいじん》藤原頼長《ふじわらのよりなが》（一一二〇～五六）は藤原忠実《ただざね》の子。忠実は、摂関家の当主（藤氏長者《とうしのちょうじゃ》）の地位を嫡男の法性寺殿忠通《ほっしょうじどのただみち》に譲って宇治に引退した後、その忠通と強く対立、藤氏長者を忠通の弟頼長に与える。保元《ほうげん》の乱（一一五六年。崇徳《すとく》上皇方と後白河《ごしらかわ》天皇方に分かれての内戦）で、頼長は崇徳上皇方に与《くみ》し、流れ矢に当たって亡くなるという非業の最期を遂げた。忠実は、流罪《るざい》こそ避けられたが、知足院《ちそくいん》という郊外の寺で幽閉され、残りの生涯を終えた。頼長の姉泰子《たいし》は、鳥羽《とば》院の后妃として高陽《かや》院《いん》の門院号を与えられ、重く遇された。

頼長は、漢学を深く学び、有職《ゆうそく》故実に詳しく、政治家でありながら学者肌の人物だった。政務に熱心で、自分にも他人にも厳しい人として知られていた。そんな頼長は、世間から「悪左府《あくさふ》」、手強《てごわ》い左大臣と呼ばれていた。

当時、建物としての高陽院といえば、藤原頼通《よりみち》の大邸宅が最も有名で、九話「宇治殿倒れさせ給ひて、実相房《じっそうぼう》僧正験者《げんざ》に召さるる事」にも登場し、通常の四倍（約一万七千五百坪）の敷地を誇った。七二話が繰り広げられているのは、高陽院泰子が里下がりする邸宅として整備された、土御門《つちみかど》邸とか正親町《おおぎまち》殿とか、あるいは高陽院泰子がいらしたのに因《ちな》んで高陽院とも呼ばれた邸宅。一つの邸にも複数の名称があり、また、同じ名称の邸が複数存在したのである。この邸宅の、中央の寝殿には高陽院泰子が、西側の建物に頼長夫妻が住まっており、東側の建物は、忠実が宇治から出京して来た際の宿舎に用いられた。

主に陰陽道の考え方で、運気の下がっている時には、悪いものにとりつかれぬよう外出せず、お籠《こ》もりをするのが「物忌」である。あたかも体力の弱っている人が、菌やウィルスに感染するリスクを避けるため、外出を控えるようなもの。悪いものは目に見えないので、どこにいてもとりつかれてしまいそうだが、「家」には、そうしたものから持ち主を防御する力があると考えられていた。物忌当日は、周囲の人々の出入りもさせなかった。

さて、「人には、宮仕えする身に物忌などあるものかとおっしゃったのに、自分のことだと大騒ぎして物忌に励むのはおかしい」と以長《もちなが》に指摘され、本話の頼長は理に折れて一言《いちごん》もない。論理の一貫性を重んじた頼長らしい納得の仕方である。頼長・以長主従は九九話「大膳大夫《だいぜんのたいふ》以長、前駆《ぜんく》の間の事」にも再登場し、牛車《ぎっしゃ》同士の「礼節」（高位高官の車が行き合った場合のマナー）について、有職故実に詳しい頼長に向かい、以長は「指導が手ぬるい」と言い放つ。当時の日記などを参照すると、頼長の考えにも一理あったと分かるのだが、九九話の勘所《かんどころ》もまた、あの怖い頼長に向かって言い返す、以長の誰憚らぬ姿勢にある。両話の頼長は、部下の以長にお株を取られたような格好で、七二話と九九話はセットになっている。読者は、前に出て来た七二話を思い出しながら九九話を読むのである。

頼長同様、その道の権威がやりこめられる、というスタイルは、儒教の祖、孔子《こうし》様の説話にも見られる。考えてみれば、権威のある人が、格下の言うことを認めるのは、なかなか勇気のいることである。孔子様あるいは頼長だからこそ、都合の悪い言葉を無視せずに、評価できたのだが、これらの説話は、やはり一種の笑い話となる。それが成り立つのは、彼等が普段は人を評価する立場の人々だからである。これらの説話では、権威ある人が、評価される側になってしまっているのだ。

◈八五話「留《る》志《しちようじや》長者の話《はなし》」

今《いま》は昔《むかし》、インドに留志長者《るしちようじや》という、裕福《ゆうふく》な長者《ちようじや》がいた。およそ蔵《くら》をたくさん持《も》ち金持《かねも》ちなのに、残念《ざんねん》な心根《こころね》の人物《じんぶつ》で、妻子《さいし》や従者《じゆうしや》に、ろくに物《もの》を食《た》べさせないし、着《き》せようとしない。おのれ一人《ひとり》で物《もの》がほしいので、物《もの》を食《た》べるといっても、人《ひと》にそれを見《み》せず隠《かく》れて食《く》い、物《もの》に満《み》たされるという事《こと》がなくて、とにかくたくさん欲《ほ》しいので、妻《つま》に「飯《めし》や酒《さけ》、果物《くだもの》などを、たっぷり用意《ようい》してくれ。私《わたし》にとりついて物惜《ものお》しみさせる慳貪《けんどん》（けち）の神《かみ》を祀《まつ》ろうと思《おも》うから」と言《い》う。これを聞《き》いた妻《つま》は「物惜《ものお》しみする心《こころ》をなくそうとするのはよい事《こと》だ」と喜《よろこ》び、いろいろな食《た》べ物《もの》を整《ととの》えて、たっぷりと持《も》たせたので、留志長者《るしちようじや》はそれを受《う》け取《と》るが、「人《ひと》の見《み》ていない所《ところ》に行《い》って、心《こころ》ゆくまで食《た》べよう」と思《おも》い、弁当箱《べんとうばこ》に入《い》れ、徳利《とくり》には酒《さけ》を入《い》れなどして、持《も》って出《で》た。

❖今《いま》は昔《むかし》、天竺《てんぢく》に、留志長者《るしちやうじや》とて、世《よ》にたのしき長者《ちやうじや》ありけり。大方《おほかた》、蔵《くら》もいくらともなく持《も》ち、たのしきが、心《こころ》の口惜《くちを》しくて、妻子《さいし》にも、まして従者《ずさ》にも、物食《ものく》はせ、着《き》する事《こと》なし。おのれ、物《もの》のほしければ、人《ひと》にも見《み》せず、隠《かく》して食《く》ふほどに、物《もの》の飽《あ》かず多《おほ》くほしかりければ、妻《め》に言《い》ふやう、「飯《いひ》、酒《さけ》、果物《くだもの》どもなど、おほらかにして賜《た》べ。我《われ》に憑《つ》きて物惜《ものを》しまする慳貪《けんどん》の神祀《かみまつ》らん」と言《い》へば、「物惜《ものを》しむ心《こころ》、失《うしな》はんとする、よき事《こと》」と喜《よろこ》びて、色々《いろいろ》に調《てう》じて、おほらかに取《と》らせければ、受《う》け取《と》りて、「人《ひと》も見《み》ざらん所《ところ》に行《ゆ》きて、よく食《く》はん」と思《おも》ひて、行器《ほかゐ》に入《い》れ、瓶子《へいじ》に酒《さけ》入《い》れなどして、持《も》ちて出《い》でぬ。

飢渇《けかつ》せんばかりに物《もの》が欲《ほ》しい、病的《びょうてき》けちといえる留志長者《るしちょうじゃ》は、たくさんの食《た》べ物《もの》を持《も》つと、烏《からす》や雀《すずめ》の目《め》も盗《ぬす》み、人里離《ひとざとはな》れた山《やま》の中《なか》の木《き》の陰《かげ》で、一人物《ひとりもの》を食《た》べている楽《たの》しさといったら、喩《たと》えるものがない。思《おも》わず「今日《きょう》のこの安楽《あんらく》なことといったら、毘沙《びしゃ》門《もん》、帝釈《たいしゃく》にもまさっている」と歌《うた》う。これを、帝釈天《たいしゃくてん》（高位《こうい》の仏教《ぶっきょう》の守護神《しゅごしん》）がたしかに御覧《ごらん》になっていた。帝釈天《たいしゃくてん》は、留志長者《るしちょうじゃ》の言《い》い草《ぐさ》を憎《にく》いと思《おも》われたのか、留志長《るしちょう》者《じゃ》に扮《ふん》してその家《いえ》に行《い》き、「山《やま》で物惜《ものお》しむ神《かみ》を祀《まつ》ったおかげで、その神《かみ》が離《はな》れて、物《もの》が惜《お》しくなくなったので、こうするのだ」と言《い》って、蔵《くら》を開《あ》けさせ、妻子《さいし》や従者《じゅうしゃ》やその他《ほか》の人《ひと》たち、修行者《しゅぎょうしゃ》、乞食《こじき》に至《いた》るまで、宝物《たからもの》を配《くば》って与《あた》えた。皆《みな》が喜《よろこ》んで分《わ》け合《あ》っているところに、本物《ほんもの》の留志長者《るしちょうじゃ》が帰《かえ》ってきた。

倉《くら》をみな開《あ》けて、このように宝《たから》を人々《ひとびと》が取《と》り合《あ》っているのにあきれ、その悲《かな》しさたるや言《い》いようがない。「なぜこんなことをするのだ」と大声《おおごえ》を出《だ》すが、自分《じぶん》そっくりの人《ひと》がいて物《もの》を配《くば》っているので、不思議《ふしぎ》な事《こと》この上《うえ》ない。「あれは化《ば》け物《もの》だ。私《わたし》こそ本物《ほんもの》だ」と言《い》うが、聞《き》き入《い》れる人《ひと》はいない。

❖ **倉《くら》どもみな開《あ》けて、かく宝《たから》どもみな人《ひと》の取《と》り合《あ》ひたる、あさましく、悲《かな》しさ言《い》はん方《かた》なし。「いかにかくはするぞ」とののしれども、我《われ》とただ同《おな》じ形《かたち》の人出《ひとい》で来《き》てかくすれば、不思議《ふしぎ》なる事限《ことかぎ》りなし。「あれは変化《へんげ》の物《もの》ぞ。我《われ》こそ、そよ」と言《い》**

へども、聞《き》き入《い》るる人《ひと》なし。

国王《こくおう》に訴《うった》えると「母《はは》に尋《たず》ねよ」と仰《おお》せがあり、留志長者《るしちょうじゃ》の母親《ははおや》にどちらが本物《ほんもの》か聞《き》くのだが、「人《ひと》に物《もの》をくれるのこそが我《わ》が子《こ》でございます」と言《い》うので、どうすることもできない。「腰《こし》にほくろがあるので、それを目印《めじるし》にご覧下《らんくだ》さい」と役《やく》に立《た》つ事《こと》も言《い》ってくれたが、帝釈天《たいしゃくてん》が、それを真似《まね》なさらないはずがない。二人共《ふたりとも》に、同《おな》じほくろがあるので、埒《らち》が明《あ》かず、とうとう国王《こくおう》のところに二人《ふたり》して出頭《しゅっとう》する。すると帝釈《たいしゃく》天《てん》は本《もと》の姿《すがた》に戻《もど》られ、仏《ほとけ》の御前《ごぜん》にいらっしゃるので、留志長者《るしちょうじゃ》は「申《もう》し上《あ》げられる事《こと》とてない」と思《おも》っているところに、仏《ほとけ》のお力《ちから》で、悟《さと》りの境地《きょうち》の第一段階《だいいちだんかい》に入《い》れて頂《いただ》けたので、悪《わる》い心《こころ》が離《はな》れ、物惜《ものお》しみする気持《きも》ちがなくなった。

このように帝釈天《たいしゃくてん》が人々《ひとびと》をお導《みちび》きになる力《ちから》ははかり知《し》れない。むやみやたらに、長者《ちょうじゃ》の宝《たから》をなくしてやろうなどと、どうしてお思《おも》いになろう。けちのため地獄《じごく》に落《お》ちるべきところを、かわいそうにお思《おも》い下《くだ》さった帝釈天《たいしゃくてん》のお志《こころざし》のおかげで、このように段取《だんど》って下《くだ》さったのは、ありがたいことだ。

❖**かやうに帝釈《たいしやく》は、人《ひと》を導《みちび》かせ給《たま》ふ事《こと》はかりなし。そぞろに長者《ちやうじや》が財《たから》を失《うしな》はんとは、何《なに》しにおぼしめさん。慳貪《けんどん》の業《ごふ》によりて、地獄《ぢごく》に落《お》つべきを、あはれませ給《たま》ふ御志《おんこころざし》によりて、かく構《かま》へさせ給《たま》ひけるこそめでたけれ。**

✽初めて登場する、お釈迦《しやか》様の国インドの話。帝釈《たいしやく》天は、生意気な奴、と見咎《みとが》められただけでなく、留志長者《るしちようじや》の病的けちの原因が過去世からの運命にあることを知っておられ、今回痛い目に遭わせて、改心するように仕向けて下さったのだ。

本話で留志長者の言葉を聞きとがめた帝釈天は、早速留志長者を懲らしめにいらっしゃるが、それは留志長者を導くためであった、と『宇治拾遺物語』はまとめている。ところで一七三話「清滝川《きよたきがわ》の聖《ひじり》の事」で、強い験力《げんりき》（修験の力）を持っているため時々いい気になってしまう聖を懲らしめるため、仏はもっとパワーのある老僧を山奥の上流に出現させる。しかしそれは、仏が「慢心・憍慢《きようまん》の心のある聖を憎まれたから」とだけあって、もはや聖を感化してやろうとの慈悲心から、と説かれはしない。聖は当然、改心はしたのだろうが、何だか仏も少しせいせいしておられるような書きぶりなのが面白い。他方、二二話「金峰山《きんぷせん》での薄打《はくうち》の話」の蔵王《ざおう》権現は、不快程度ではなく激しい怒りで、不心得者を厳しく懲らしめたのだった。

★コラム③　セットになっている説話

一四四話「聖宝《しょうぼう》僧正、一条大路《いちじょうおおじ》を渡る事」には、帝釈天ならぬ人間の若い僧侶《そうりょ》が、異様にけちな仲間を改めさせようと、我が身の恥を顧みずに導く説話が出て来る。読者はまずまちがいなく、八五話の留志長者に対する帝釈天のお導きを思い出すだろう。『宇治拾遺物語』には、このような組み合わせ、すなわちセットになっている説話が多数見られる（荒木浩）。それらは前の説話を思い出しながら、重層的に味わうようにできている。先ほどの七二話「以長《もちなが》の物忌の話」と九九話「大膳大夫《だいぜんのたいふ》以長、前駆の間の事」は、同じペアが登場することにより、セットであることが明確に分かったが、同様のセットに四話「伴大納言《ばんだいなごん》の話」と一一四話「伴大納言、応天門《おうてんもん》を焼く事」がある。四話の若き日の善男《よしお》が後年「罪をかぶ」った時の事件が一一四話に語られているのである。また、登場人物は違うが、ストーリーに重大な共通点があったり、末尾の表現がそっくりだったりすることで、セットであることが示される場合もある。本八五話と一四四話の聖宝説話はこのタイプ。三話「鬼にこぶを取られた話」と四八話「雀、報恩の事」では、はじめの年寄りがあることに成功し、後の年寄りが失敗する、民話でも有名な説話だが、それぞれの末尾は「物うらやみはすまじき事《こと》なりとか」（三話）、「されば、物うらやみはすまじき事《こと》なり」（四八話）と、そっくりな表現で語り収められるのである。

◈八七話「観音経《かんのんぎょう》が蛇《へび》になって人《ひと》をお助《たす》けになった話《はなし》」

今《いま》は昔《むかし》、鷹飼《たかがい》（鷹《たか》の子《こ》を巣《す》からとってきて飼育《しいく》、あるいはその訓練《くんれん》までを担《にな》う仕事《しごと》で、小動物《しょうどうぶつ》を狩《か》る鷹狩用《たかがりよう》に販売《はんばい》した）を仕事《しごと》に世《よ》を過《す》ごす者《もの》がいた。その男《おとこ》が、巣《す》を見《み》つけようと鷹《たか》の飛《と》ぶのについて行《い》くと、遥《はる》かな山奥《やまおく》の谷《たに》の断崖絶壁《だんがいぜっぺき》の高《たか》い木《き》に、巣《す》があるのをみつけてうれしく思《おも》い、そろそろいい塩梅《あんばい》に成長《せいちょう》しただろうという頃《ころ》に、また行《い》って見《み》ると、案《あん》の定《じょう》、子《こ》を生《う》んでいた。あらためて見《み》てみると、言《い》いようもなくすばらしい親鷹《おやだか》なので、子《こ》もすばらしいだろうと思《おも》い、後先《あとさき》なく登《のぼ》って行《い》き、やっと巣《す》のところに到達《とうたつ》する、という時《とき》に、足《あし》を乗《の》せていた枝《えだ》が折《お》れて、男《おとこ》は谷《たに》に落《お》ちてしまった。谷《たに》の側面《そくめん》に出《で》ている一本《いっぽん》の枝《えだ》の上《うえ》に落《お》ち、その枝《えだ》につかまったが、生《い》きた心地《ここち》もしない。下《した》は底《そこ》も見《み》えない深《ふか》い谷《たに》、上《うえ》は遥《はる》かに遠《とお》い絶壁《ぜっぺき》である。一緒《いっしょ》に来《き》ていた従者《じゅうしゃ》たちもどうすることもできず、家《いえ》に帰《かえ》り、こういう事情《じじょう》だと男《おとこ》の家族《かぞく》に語《かた》ると、妻子《さいし》たちは泣《な》き惑《まど》い、事故現場《じこげんば》だけでも確認《かくにん》しに行《い》きたかったが、結局《けっきょく》それも断念《だんねん》した。

その頃《ころ》、谷《たに》では、どうすることもできない男《おとこ》が、石《いし》のかどの、折敷《おしき》（木《もく》製《せい》の盆《ぼん》）程度《ていど》の広《ひろ》さに指《さ》し出《で》た部分《ぶぶん》に腰《こし》をひっかけ、木《き》の枝《えだ》をつかんで、全《まった》くみじろぎもできない。少《すこ》しでも動《うご》いたなら、谷《たに》に落《お》ち込《こ》んでしまう。どうにもこうにも、全《まった》くどうすることもできない。このように、鷹飼《たかがい》で渡《と》世《せい》しているが、小《ちい》さい頃《ころ》から、観音経《かんのんぎょう》（『法華経《ほけきょう》』の観世音菩薩普門品《かんぜおんぼさつふもんぼん》）を読《よ》み申《もう》し上《あ》げ、専《もっぱ》ら信心《しんじん》の対象《たいしょう》にしていたので、「どうかお助《たす》け下《くだ》さい」とひたすら思《おも》い、ただただおすがり申《もう》し上《あ》げて、この観音経《かんのんぎょう》を、夜《よる》も昼《ひる》も、際限《さいげん》なく読《よ》み申《もう》し上《あ》げた。「弘誓深如海《ぐぜいしんにょかい》」（観音《かんのん》が迷《まよ》える衆生《しゅじょう》を救《すく》おうとの誓《ちか》いは、海《うみ》のように深《ふか》い、という普門品《ふもんぼん》を代表《だいひょう》する文句《もんく》）のあたりを読《よ》んでいた時《とき》、谷《たに》の底《そこ》の方《ほう》から、物《もの》が、そよそよとやって来《く》る気配《けはい》がしたので、何《なん》だろうとそっと見《み》てみると、言《い》いようもなく大《おお》きな蛇《へび》だった。

❖さて、谷《たに》には、すべき方《かた》なくて、石《いし》の稜《そば》の、折敷《をしき》の広《ひろ》さにてさし出《い》でたる片《かた》そばに尻《しり》をかけて、木《き》の枝《えだ》をとらへて、少《すこ》しも身《み》じろぐべき方《かた》なし。いささかもはたらかば、谷《たに》に落《お》ち入《い》りぬべし。いかにもいかにも、せん方《かた》なし。かく鷹飼《たかがひ》を役《やく》にて世《よ》を過《す》ぐせど、幼《をさな》くより観音経《くわんのんぎやう》を読《よ》み奉《たてまつ》り、持《たも》ち奉《たてまつ》りたりければ、「助《たす》け給《たま》へ」と思《おも》ひ入《い》りて、ひとへに頼《たの》み奉《たてまつ》りて、この経《きやう》を夜昼《ひるよる》、いくらともなく読《よ》み奉《たてまつ》る。「弘《ぐ》誓深如海《ぜいしんにょかい》」とあるわたりを読《よ》むほどに、谷《たに》の底《そこ》の方《かた》より、物《もの》のそよそよと来《く》る心地《ここち》のすれば、「何《なに》にかあらん」と思《おも》ひて、やをら見《み》れば、えも言《い》はず大《おほ》きなる蛇《くちなは》なりけり。

長《なが》さ六《ろく》メートルほどの蛇《へび》が、こちらにまっしぐらにやって来《く》る。「私《わたし》はこの蛇《へび》に食《た》べられてしまうらしい。観音《かんのん》にお助《たす》け下《くだ》さいと祈《いの》ったのに、これは一体《いったい》どうしたことだ」と思《おも》って、ひたすら祈《いの》り続《つづ》けた。蛇《へび》はとにかくもうこちらに近付《ちかづ》く近付《ちかづ》く。しかし、男《おとこ》を呑《の》み込《こ》もうとはしないので、「この蛇《へび》につかまれば登《のぼ》れるだろう」と思《おも》い立《た》ち、腰刀《こしがたな》をそっと抜《ぬ》くと、蛇《へび》の背中《せなか》に突《つ》き立《た》て、それに捉《つか》まって上《うえ》まで連《つ》れて行《い》ってもらった。腰刀《こしがたな》を蛇《へび》から抜《ぬ》こうとするが、あまりに強《つよ》く刺《さ》したのでどうしても抜《ぬ》けず、蛇《へび》は「うるさい」というように男《おとこ》を払《はら》いのけて、背中《せなか》に刀《かたな》を刺したまま、向《む》かいの谷《たに》に渡《わた》って行《い》った。男《おとこ》はうれしくて、急《いそ》いで家《いえ》に帰《かえ》ろうとするが、この二《に》、三日《さんにち》、全《まった》く体《からだ》を動《うご》かすことができず、物《もの》も食《た》べずに過《す》ごしていたので、やっとのことで家《いえ》に帰《かえ》り着《つ》いた。一方《いっぽう》、留守宅《るすたく》では、もはやどうすることもできないからと、お弔《とむら》いの準備《じゅんび》をしていたところに、思《おも》いも寄《よ》らず、男《おとこ》がよろよろと帰《かえ》って来《き》たので、驚《おどろ》いて泣《な》き騒《さわ》ぐことこの上《うえ》ない。男《おとこ》は「観音《かんのん》のお助《たす》けでこうして生《い》きて帰《かえ》れたのだ」と、驚《おどろ》き呆《あき》れる顛末《てんまつ》を泣《な》きながら語《かた》り、その晩《ばん》は食事《しょくじ》などして休《やす》んだ。

翌朝《よくあさ》、早《はや》く起《お》きて、手《て》を洗《あら》い、いつも読《よ》み申《もう》し上《あ》げる『法華経《ほけきょう》』を読《よ》もうと、巻物《まきもの》を開《あ》けてみると、あの谷《たに》で蛇《へび》の背《せ》に突《つ》き立《た》てた刀《かたな》が、このお経《きょう》の「弘誓深如海《ぐぜいしんにょかい》」のところに刺《さ》さっているのを見《み》つけて、驚《おどろ》きあきれたなどというのも、とても言葉足《ことばた》らずな思《おも》いだった。「これは、この経《きょう》が、蛇《へび》に変身《へんしん》して、私《わたし》をお助《たす》け下《くだ》さったのだ」と思《おも》うと、しみじみとありがたく、身《み》に迫《せま》って大変《たいへん》なことだと思《おも》われる事《こと》、この上《うえ》ない。近《ちか》くの人々《ひとびと》もこれを聞《き》き、見《み》て、驚《おどろ》きあった。今《いま》さら申《もう》す事《こと》でもないが、観音《かんのん》をお頼《たよ》り申《もう》し上《あ》げて、その効果《こうか》がないなどという事《こと》は、決《けっ》してないのである。

❖つとめて、とく起《お》きて、手《て》洗《あら》ひて、いつも読《よ》み奉《たてまつ》る経《きやう》を読《よ》まんとて、引《ひ》きあけたれば、あの谷《たに》にて蛇《くちなは》の背《せ》に突《つ》き立《た》てし刀《かたな》、この御経《おんきやう》に、「弘誓深如海《ぐぜいしんによかい》」の所《ところ》に立《た》ちたる、見《み》るに、いとあさましなどはおろかなり。「こは、この経《きやう》の蛇《くちなは》に変《へん》じて、我《われ》を助《たす》けおはしましけり」と思《おも》ふに、あはれに貴《たふと》く、悲《かな》し、いみじと思《おも》ふ事《ことかぎ》限りなし。そのあたりの人々《ひとびと》、これを聞《き》きて、見《み》あさみけり。今《いま》さら申《まう》すべき事《こと》ならねど、観音《くわんのん》を頼《たの》み奉《たてまつ》らんに、その験《しるし》なしといふ事《こと》はあるまじき事《こと》なり。

✽観音経《かんのんぎょう》には、観音菩薩《かんのんぼさつ》は、様々な姿となっていろいろな土地に行き、衆生《しゅじょう》を助ける、とあるが、今回観音は、大蛇の姿となって、鷹飼《たかがい》を助けて下さった。鷹飼がもともと、仏教的には罪深いところのある仕事だったため、絶壁で身動きがとれず、恐ろしい大蛇の姿におびえることなくして、助けて頂くことはできなかった、と思われるが、巻物のお経に刀が突き刺さっていたことからは、細長い形の観音経が、日来の信心に応《こた》え、長い蛇になって助けに来て下さったのだととらえられる。

ちなみに『今昔物語集《こんじやくものがたりしゆう》』の同話では、鷹飼は毒蛇の頭に刀を突き立て、家でお経を読もうとすると、経の軸に刀が刺さっている。頭に突き立てた場合は軸の部分、すなわち経巻の上部に刺さり、背中に突き立てた場合は経巻の真ん中辺に、刀は刺さっているのである。

観音のお助けは、多くの場合、二つに分けられる。長年の願いをかなえる、急場を救う、という二つだが、今回の鷹飼は、このうちの「急場を救う」という形の御加護を賜った。

観音経には、「観音を念じた者のために、観音はあらゆる苦を滅して下さる。火の燃えている穴に落ちても、そこは池となり、巨大な海に漂流しても、竜《りゆう》・魚・鬼の難を避けて溺《おぼ》れず、高い山に登って人に突き落とされても、太陽のように空に止まることができる。悪人に追われて固い山から墜落しても、傷一つ負わず、賊に囲まれて剣で害されそうになっても、相手は慈悲の心を起こすだろう……」と、具体的な御加護が列挙されている。

仏教説話の中には、経文の記述通りの奇跡が起きたことを伝えるものがあるが、さしずめ本話の鷹飼は、山から突き落とされる例に似た御加護を受けたわけで、『今昔物語集』の同話のように、一緒に鷹の子を取りに行った仲間に裏切られ、置き去りにされたという展開の場合は、経文の表現をいっそう強く連想させる状況で、奇跡が起きたことになる。

◈八八話「賀茂《かも》の社《やしろ》から紙《かみ》と米《こめ》を頂《いただ》いた話《はなし》」

あまりにも貧《まず》しい比叡山《ひえいざん》の僧《そう》が、鞍馬寺《くらまでら》（毘沙門信仰《びしゃもんしんこう》の拠点《きよてん》として今《いま》も有名《ゆうめい》）に七日《なのか》お参《まい》りした。夢《ゆめ》など見《み》られないかと思《おも》ってお参《まい》りし続《つづ》けるが、ワンサイクルである七日目《なのかめ》まで夢《ゆめ》を見《み》ず、もう七日《なのか》、もう七日《なのか》と延長《えんちょう》しても、全《まった》く夢《ゆめ》のお告《つ》げを受《う》けることができない。結局百日《けつきょくひやくにち》お参《まい》りし、その夜《よる》の夢《ゆめ》に「私《わたし》には分《わ》からない、清水寺《きよみずでら》にお参《まい》りせよ」とのお告《つ》げを得《え》る。さっそく清水寺《きよみずでら》に行《い》き、こちらも百日《ひやくにち》お参《まい》りしたが、百《ひやく》日目《にちめ》にまた「私《わたし》には分《わ》からない、賀茂《かも》へお参《まい》りして頼《たの》め」と夢《ゆめ》のお告《つ》げを得《え》たので、次《つぎ》はまた賀茂神社《かもじんじゃ》にお参《まい》りした。

夢《ゆめ》のお告《つ》げを得《え》たいばかりに結局《けつきょく》また百日《ひやくにち》お参《まい》りし、その夜《よる》、次《つぎ》のような夢《ゆめ》を見《み》る。「お前《まえ》さんがこうしてお参《まい》りに来《く》るのが気《き》の毒《どく》だから、御幣紙《ごへいがみ》（例《たと》えば神主《かんぬし》さんがお祓《はら》いの時《とき》に振《ふ》るって下《くだ》さる棒《ぼう》の先《さき》についている紙製品《かみせいひん》が御幣《ごへい》で、それを作《つく》る紙《かみ》が御幣《ごへい》紙《がみ》）と、魔除《まよ》けのために撒《ま》く米程度《こめていど》のものを、しかと持《も》たせよう」。賀茂《かも》の神様《かみさま》がそうおっしゃった、という夢《ゆめ》を見《み》て、目覚《めざ》めた僧《そう》はしみじみ悲《かな》しくなった。「これだけいろいろな神社仏閣《じんじやぶつかく》をお参《まい》りして歩《ある》いて、とどのつまりはこのお告《つ》げとは。比叡山《ひえいざん》に帰《かえ》るのも、人目《ひとめ》が恥《は》ずかしい。いっそのこと、賀茂川《かもがわ》にでも身投《みな》げしようか」などと思《おも》ったが、そうはいっても、身投《みな》げまではできない。

「一体《いったい》どのように、はからって下《くだ》さるおつもりなのだろう」と知《し》りたい気《き》持《も》ちもあり、比叡山《ひえいざん》の坊《ぼう》に帰《かえ》って過《す》ごしていると、知《し》った先《さき》から「御免下《ごめんくだ》さい」という人《ひと》がいる。「どなた」といって見《み》ると、白《しろ》い長櫃《ながびつ》（直方体《ちよくほうたい》で食《た》べ物《もの》などを入《い》れて運《はこ》ぶ）を担《かつ》いで来《き》、縁側《えんがわ》に置《お》いて帰《かえ》った後《あと》だった。とても不思議《ふしぎ》に思《おも》い、持《も》って来《き》た使《つか》いを探《さが》したが、どこにも見当《みあ》たらない。長櫃《ながびつ》を開《あ》けてみると、白米《はくまい》と、上質《じようしつ》の紙《かみ》とが、長櫃《ながびつ》いっぱいに入《はい》っていた。これは、夢《ゆめ》に見《み》た通《とお》りだ。そうは言《い》っても、多少《たしよう》は色《いろ》をつけて下《くだ》さるかと思《おも》ったが、これだけを、本当《ほんとう》に下《くだ》さったので、ひどく情《なさ》けなく思《おも》ったが、どうすることもできないので、この米《こめ》をいろいろと使《つか》ったが、いくら使《つか》っても元《もと》と同《おな》じ多《おお》さで、尽《つ》きることがない。紙《かみ》も同《おな》じように使《つか》ったが、無《な》くなることがなく、特《とく》に華々《はなばな》しくはないのだが、とても豊《ゆた》かな法師《ほうし》になった。やはり気長《きなが》に物詣《ものもうで》はすべきである。

❖「いかやうに、はからはせ給《たま》ふべきにか」と、ゆかしき方《かた》もあれば、元《もと》の山《やま》の坊《ばう》に帰《かへ》りてゐたるほどに、知《し》りたる所《ところ》より、「物申《ものまう》し候《さうら》はん」と言《い》ふ人《ひと》あり。「誰《た》そ」とて見《み》れば、白《しろ》き長櫃《ながびつ》を担《にな》ひて、縁《えん》に置《お》きて帰《かへ》りぬ。いとあやしく思《おも》ひて、使《つかひ》を尋《たづ》ぬれど、大方《おほかた》なし。これを開《あ》けて見《み》れば、白《しろ》き米《こめ》と、よき紙《かみ》とを、一長櫃《ひとながびつ》入れたり。これは、見《み》し夢《ゆめ》のままなりけり。さりともとこそ思《おも》ひつれ、これはかりを誠《まこと》に賜《た》びたるに、いと心《こころ》うく思《おも》へどいかがはせんとて、この米《こめ》をよろづに使《つか》ふに、ただ同《おな》じ多《おほ》さにて、尽《つ》くることなし。紙《かみ》も同《おな》じごと使《つか》へど、失《う》することなくて、いと別《べち》にきらきらしからねど、いとたのしき法師《ほふし》になりてぞありける。なほ、心長《こころなが》く、物詣《ものまうで》はすべきなり。

✽夢のお告げを頂くこと、あるいはお告げ通りに米と紙が届けられたことに、僧が特段驚いていないのは気になるところ。あれだけ熱心に拝んだのだから夢の一つくらいは見せて下さるだろう、あるいは何分《なにぶん》霊験あらたかな神仏のお告げ通りなのだから、どうということもない、というような思いも、この僧にはあるようだ。しかし、あまりにも熱心なお祈りぶりに免じて、そこはお咎《とが》めはなく、それどころか、すぐには分からない形で、賀茂《かも》の神様はこの男を徐々に裕福にして下さった。

鞍馬寺《くらまでら》の御本尊は毘沙門天《びしやもんてん》、清水寺《きよみずでら》は観音《かんのん》、賀茂神社は神様だが、例えば六四話「式部大輔実重《しきぶのたいふさねしげ》、賀茂の御正体拝見の事」で、実重が夢のお告げで知らせて頂いたところによれば、賀茂の御正体は『法華経《ほけきよう》』。日本には古来、本地垂迹説《ほんじすいじやく》という、元々インドの仏様たちは、日本にいらっしゃる時に、日本の神に姿を変えて下さった、という考え方があり、神社の御神体（正体）が実は仏教の何々なのだ、と考えられることが多かった。その仏教の何々に相当するのが「本地《ほんじ》」である。また、それぞれの神仏には得意な領域があり、毘沙門天（多聞天《たもんてん》とも言われる）は富を授けて下さり、観音様からは特に現世利益《りやく》（死後ではなく今生《こんじよう》で、経済的に楽になったり、幸せな結婚したりするといった、目に見える御利益《ごりやく》）を頂ける、といった具合である。今回、貧困の病に苦しむ比叡山《ひえいざん》の僧は、病院のどの外来を訪ねても、違う科目を紹介されてしまうような、貧困をこじらせた状態だった。

『宇治拾遺物語』には、本話の他にも、中身の減らない不思議な品が登場する。民話「腰折れ雀」と同じストーリー展開の四八話「雀、報恩の事」では、骨折を治してもらったおばあさんに雀から瓢箪《ひょうたん》の種《たね》が、一九二話では越前《えちぜん》の国《くに》の伊《い》良《ら》縁世《えのよ》恒《つね》に、毘沙門から、いくら使っても一斗の米が存在し続ける袋がもたらされる。これらの不思議な品々は、元々その効果が続く品物だったととらえることももちろん可能だが、神仏の御加護や、くれた相手の思いが、先方にいつまでも示され続ける品でもあったことが大切だろう。

◆九一話「僧伽多《そうかた》が羅刹《らせつ》の国《くに》に行《い》った話《はなし》」

八五話《はちじゆうごわ》「留志長者の話《るしちようじやのはなし》」以来《いらい》、作品中二《ふた》つ目《め》のインドの説話《せつわ》。昔《むかし》、インドに、僧《そう》伽多《かた》という人《ひと》がいた。五百人《ごひやくにん》の商人《しようにん》を舟《ふね》に乗《の》せ、「かねの津《つ》」へ行《い》った。急《きゆう》によくない風《かぜ》が吹《ふ》いて来《き》て、舟《ふね》がどんどん南《みなみ》に流《なが》され、どことも知《し》れない陸地《りくち》に近付《ちかづ》いたので、否応《いやおう》なくそこで上陸《じようりく》した。しばらくすると、とても美《うつく》しい女性《じよせい》たちが十人《じゆうにん》ほど出《で》て来《き》て、歌《うた》を歌《うた》って通《とお》る。女性《じよせい》たちは、そばで見《み》るといっそうかわいらしいこと、似《に》るものがない。五百人《ごひやくにん》の商人《しようにん》は感嘆《かんたん》して、自分《じぶん》たちの世話《せわ》をして欲《ほ》しいと言《い》う。彼女《かのじよ》たちの家《いえ》に行《い》き着《つ》くと、そこは白《しろ》く高《たか》い築地塀《ついじべい》が遠《とお》くまで囲《かこ》んでいて、厳重《げんじゆう》な門《もん》がある。美女《びじよ》たちは商人《しようにん》を中《なか》に連《つ》れて入《はい》り、門《もん》をすぐに施錠《せじよう》した。中《なか》には、いろいろな建物《たてもの》が、離《はな》れ離《ばな》れに作《つく》られている。男《おとこ》の姿《すがた》は一人《ひとり》も見《み》えない。こうして商人《しようにん》たちは、それぞれ女性《じよせい》を妻《つま》にしてこの地《ち》に棲《す》み、お互《たが》いに思《おも》い合《あ》うこと限《かぎ》りなかった。

彼《かれ》らは女性《じよせい》と一時《ひととき》も離《はな》れる気《き》がしないほど相思《そうし》相愛《そうあい》で暮《く》らしていたが、

この女性《じょせい》が、毎日《まいにち》やたら長《なが》い時間《じかん》昼寝《ひるね》をし、美《うつく》しい顔《かお》なのに、昼寝《ひるね》をする度《たび》、少《すこ》し気味《きみ》悪《わる》く見《み》えた。僧伽多《そうかた》は、この薄気味《うすきみ》悪《わる》い寝顔《ねがお》を不審《ふしん》に思《おも》い、そっと起《お》き上《あ》がって、周《まわ》りを探《さぐ》ってみると、いろいろな仕切《しきり》があった。特《とく》に目立《めだ》つ仕切《しきり》が一《ひと》つあり、築地塀《ついじべい》を高《たか》くめぐらし、厳重《げんじゅう》に錠《じょう》をかけてあった。角《かど》のところから登《のぼ》って中《なか》を見《み》ると、人《ひと》がたくさん見《み》える。ある所《ところ》では死《し》んでおり、ある所《ところ》ではうめく声《こえ》がするのだった。また、白骨化《はっこつか》した白い死体《したい》と、まだ血《ち》に染《そ》まった赤い死体《したい》がたくさんあった。僧伽多《そうかた》は、一人《ひとり》の生《い》きた人《ひと》を塀《へい》の方《ほう》に招《まね》きよせ「あなたはどういう人《ひと》で、なぜこんなことになっているのです」と尋《たず》ねる。

❖片時《へんし》も離《はな》るべき心地《ここち》せずして住《す》むあひだ、この女《をんな》、日《ひ》ごとに昼寝《ひるね》をすること久《ひさ》し。顔《かほ》をかしげながら、寝入《ねい》るたびに、少《すこ》しけうとく見《み》ゆ。僧伽多《そうかた》、このけうときを見《み》て、心得《こころえ》ず、あやしく覚《おぼ》えければ、やはら起《お》きて、方々《かたがた》を見《み》れば、さまざまの隔《へだ》て隔《へだ》てあり。ここに一《ひと》つの隔《へだ》てあり。築地《ついぢ》を高《たか》く築《つ》きめぐらしたり。戸《と》に錠《じやう》を強《つよ》くさせり。稜《そば》より登りて内《うち》を見《み》れば、人多《ひとおほ》くあり。あるいは死《し》に、あるいはによふ声《こゑ》す。また、白《しろ》き屍《かばね》、赤《あか》き屍《かばね》多《おほ》くあり。僧伽多《そうかた》、一人《ひとり》の生《い》きたる人《ひと》を招《まね》き寄《よ》せて「これはいかなる人《ひと》の、かくてはあるぞ」と問《と》ふに……

高《たか》い塀《へい》の中《なか》の人《ひと》が答《こた》えて言《い》うには「私《わたし》は南天竺《なんてんじく》の者《もの》です。取引《とりひき》のため、船《ふね》で行《い》き来《き》してまわっていた時《とき》、悪《わる》い風《かぜ》に流《なが》されてこの島《しま》に来《き》て、とても美《うつく》しい女性《じよせい》たちにだまされ、元《もと》の国《くに》に帰《かえ》ることも忘《わす》れて暮《く》らしていたが、産《う》む子供産《こどもう》む子供《こども》、全《すべ》て女《おんな》だった。別《べつ》の商人《しようにん》たちの舟《ふね》が島《しま》に来《く》ると、元《もと》いた男《おとこ》たちをこのようにして、毎日《まいにち》の食料《しよくりよう》にしてしまうのだ。あなたがたも、また次《つぎ》の舟《ふね》が来《き》たなら、このような目《め》に遭《あ》われるだろう。なんとしてでも、早《はや》くお逃《に》げなさい。この鬼《おに》たちは、昼間六時間《ひるまろくじかん》ほど昼寝《ひるね》をする。その間《あいだ》に、必死《ひつし》で逃《に》げれば逃《に》げられる。我々《われわれ》は膝《ひざ》の裏《うら》の筋《すじ》を切《き》られているので、逃《に》げられない」と泣《な》きながら言《い》うのだった。僧伽多《そうかた》は、早速帰《さつそくかえ》って他《ほか》の商人《しようにん》たちにこのことを語《かた》ると、女《おんな》たちの寝《ね》ているすきに、全員《ぜんいん》で浜《はま》に行《い》った。遥《はる》か補陀落世界《ふだらくせかい》（南《みなみ》の海《うみ》の果《は》てにあると思《おも》われていた観音《かんのん》の浄土《じようど》）の方《ほう》に向《む》かい、全員《ぜんいん》で声《こえ》も高《たか》らかに観音《かんのん》に祈《いの》ると、沖《おき》の方《ほう》から大《おお》きな白馬《はくば》が、浪《なみ》の上《うえ》を泳《およ》いできて、商人《しょうにん》らの前《まえ》に来《き》てうつ伏《ぶ》した。「これは観音《かんのん》を祈《いの》り申《もう》し上《あ》げた御利益《ごりやく》だ」と思《おも》い、全員《ぜんいん》が馬《うま》につかまって乗《の》った。

さて、女《おんな》たちが昼寝《ひるね》から目覚《めざ》めてみると、男《おとこ》たちは一人《ひとり》もいない。逃《に》げてしまったにちがいない、ということで、こちらも全員《ぜんいん》、浜《はま》に出《で》てみると、男《おとこ》はみな葦毛《あしげ》の馬《うま》に乗《の》って、海《うみ》を渡《わた》っていくところである。女《おんな》たちは、すぐさま身長三《しんちょうさん》メートルほどの鬼《おに》の姿《すがた》になり、百二十《ひゃくにじゅう》メートルから百五十《ひゃくごじゅう》メートルほども高《たか》く飛《と》び上《あ》がり、大声《おおごえ》で叫《さけ》んだが、この商人《しょうにん》たちの中《なか》で、女《おんな》が、考《かんが》えられないほどすばらしかったことを思《おも》い出《だ》した者《もの》が一人《ひとり》いたが、馬《うま》から海《うみ》に落《お》ちてしまった。鬼《おに》は、奪《うば》い合《あ》って、この男《おとこ》を裂《さ》いて食《た》べてしまった。

❖さて、女《をんな》どもは寝起《ねお》きて見《み》るに、男《をとこ》ども一人《ひとり》もなし。「逃《に》げぬるにこそ」とて、あるかぎり、浜《はま》へ出《い》でて見《み》れば、男《をとこ》みな、葦毛《あしげ》なる馬《うま》に乗《の》りて、海《うみ》を渡《わた》りて行《ゆ》く。

女《をんな》ども、たちまちに長《たけ》一丈《いちぢやう》ばかりの鬼《おに》になりて、四五十丈《しごじふぢやう》、高《たか》く躍《をど》り上《あ》がりて、叫《さけ》びののしるに、この商人《あきびと》の中《なか》に、女《をんな》の、世《よ》にありがたかりしことを思《おも》ひ出《い》づる者《もの》一人《ひとり》ありけるが、取《と》りはづして、海《うみ》に落《お》ち入《い》りぬ。羅刹《らせつ》、奪《ば》ひしらがひて、これを破《やぶ》り食《く》ひけり。

この馬《うま》は、南天竺《なんてんじく》の西《にし》の浜《はま》に着《つ》くと伏《ふ》せ、商人《しょうにん》たちは喜《よろこ》んで馬《うま》から下《お》りた。馬《うま》はふっと姿《すがた》が見《み》えなくなった。僧伽多《そうかた》はとても恐《おそ》ろしく思《おも》い、その後《ご》も、このことを誰《だれ》にも語《かた》らなかった。

二年《にねん》ほどして、僧伽多《そうかた》の妻《つま》であった羅刹女《らせつにょ》が、もっと美《うつく》しくなって僧伽多《そうかた》の家《いえ》に来《き》た。「私《わたし》たちの国《くに》には、ああした物《もの》が時々《ときどき》出《で》て来《き》て、人《ひと》を食《た》べるのです。だからよく施錠《せじょう》し、築地《ついじ》を高《たか》く築《きず》いて防御《ぼうぎょ》しているのです。あれはその鬼《おに》たちがやって来《き》たのであって、全《まった》く私《わたし》たちのしたことではありません。あなたが帰国《きこく》してしまった後《のち》、あまりに恋《こい》しく悲《かな》しかったのでやって来《き》ました」と言《い》ってさめざめと泣《な》く。並大抵《なみたいてい》の人《ひと》であれば、そうだったのかもと思《おも》うべきところだが、僧伽多《そうかた》はひどく怒《おこ》り、太刀《たち》を抜《ぬ》いて女《おんな》を殺《ころ》そうとする。女《おんな》はこの上《うえ》なく僧伽多《そうかた》を恨《うら》み、その足《あし》で王宮《おうきゅう》に向《む》かい「僧伽多《そうかた》は年来《ねんらい》の私《わたし》の夫《おっと》です。王様《おうさま》、どうか事《こと》の是非《ぜひ》を決《き》めて下《くだ》さい」という。御門《みかど》以下《いか》、王《おう》宮《きゅう》の面々《めんめん》はとろかされるように心《こころ》を奪《うば》われ、羅刹女《らせつにょ》に比《くら》べれば、女御后《にょうごきさき》たちは、どれもこれも、ただの土《つち》の塊《かたまり》くらいにしか見《み》えないほどである。御門《みかど》は僧伽多《そうかた》の忠告《ちゅうこく》も聞《き》かず美《うつく》しい羅刹女《らせつにょ》を召《め》されて夢中《むちゅう》になり、御寝所《ごしんじょ》からもお出《で》ましにならない。

こうして三日《みっか》経《た》った後《のち》、羅刹女《らせつにょ》が御寝所《ごしんじょ》から出《で》て立《た》っている様子《ようす》を見《み》ると、恐《おそ》ろしい目《め》つきで、口《くち》には血《ち》がついている。まわりを見回《みまわ》すと、軒先《のきさき》から飛《と》ぶように雲《くも》に向《む》かって消《き》えていった。御寝所《ごしんじょ》の帳《とばり》の中《なか》には御門《みかど》の赤《あか》い頭部《とうぶ》だけが残《のこ》っていた。

御門《みかど》の皇子《みこ》である皇太子《こうたいし》がすぐに即位《そくい》され、僧伽多《そうかた》の進言《しんげん》を容《い》れ、武装《ぶそう》した二百人《にひゃくにん》を早舟《はやぶね》にのせ、僧伽多《そうかた》率《ひき》いる軍勢《ぐんぜい》が羅刹《らせつ》の島《しま》に到着《とうちゃく》、鬼《おに》の姿《すがた》になった女《おんな》たちを攻《せ》め滅《ほろ》ぼし、島《しま》は廃墟《はいきょ》になった。この島《しま》は僧伽多《そうかた》に与《あた》えられ、二百人《にひゃくにん》の軍兵共々《ぐんぴょうともども》この国《くに》に住《す》んだ。大変富《たいへんと》み栄《さか》え、今《いま》は僧伽多《そうかた》の子孫《しそん》が、この国《くに》の主《あるじ》になっているということだ。

✽南の島の建国説話の形式をとっている点では、土佐《とさ》の国《くに》の遠い南の沖にある妹背《いもせ》島《じま》という島の始祖伝説を語る五六話「妹背島の事」と共通している。そこで語られるのは、運命のあやにくさと知恵や生命力で、同じような枠組みでありながら展開は大きく異なる。砦《とりで》のような厳重な建物に住んで悪事を尽くす悪者を、外部からの征服者が討伐する、という展開は、酒呑童子《しゅてんどうじ》説話や桃太郎《ももたろう》伝説などにも見られるところである。

美女だらけの夢のようなこの島の建物は、高い塀に囲まれ、入った途端に厳重に錠がかけられる。多くの建物からなるこの構造は、一七〇話「慈覚大師《じかくだいし》、纐纈城《こうけつじょう》に入り給ふ事」で、天台宗山門派《てんだいしゅうさんもんは》の開祖慈覚大師円仁《えんにん》が、中国に留学し、唐《とう》の武宗《ぶそう》の仏教大弾圧に遭い、命からがら都を脱出し、他国に逃げた先で匿《かくま》ってもらった纐纈城の建物と同じである。円仁もその後、そこが大変な恐ろしい場所であることを知るのだが、本話をかねて読んでいる読者は、一七〇話でこうした建物構造が示されるにつれ、「今回はどう展開するのだろう」と怖い予想をしながら、読み進めるわけである。

◈九三話「播磨《はりま》の守為家《かみためいえ》に仕《つか》える侍佐多《さむらいさた》の話《はなし》」

今《いま》は昔《むかし》、播磨《はりま》の守高階為家《かみたかしなのためいえ》（白河院《しらかわいん》の寵臣《ちょうしん》）という人《ひと》がいた。その家《いえ》に雇《やと》われている者《もの》の中《なか》に、通称《つうしょう》を「さた」という侍《さむらい》がいた。大《たい》したことのない人物《じんぶつ》だったが、長年《ながねん》経《た》つので、小《ちい》さな郡《こおり》の収税人《しゅうぜいにん》などさせたところ、喜《よろこ》んでその郡《こおり》に行《い》き、郡司《ぐんじ》の邸《やしき》に泊《と》まった。せねばならない案件《あんけん》などを伝《つた》え、四五日《しごにち》して京《きょう》に戻《もど》った。

さてその郡司《ぐんじ》のところに、都《みやこ》から流《なが》れて、人《ひと》にだまされてやって来《き》た女房《にょうぼう》がいた。それを郡司《ぐんじ》が気《き》の毒《どく》がって働《はたら》かせてやり、裁縫《さいほう》などさせていたが、そうしたこともよく心得《こころえ》てできたので、いたわしいと思《おも》いながら邸《やしき》においてやっていた。さて、このさたに向《む》かって、従者《じゅうしゃ》が「郡司《ぐんじ》の家《いえ》に、京《きょう》都《と》から来《き》た女房《にょうぼう》という、美《うつく》しく髪《かみ》の長《なが》い女《おんな》を、郡司《ぐんじ》が隠《かく》しおいていて、殿《との》にもお知《し》らせ申《もう》し上《あ》げずにいるのですよ」と語《かた》ると、「いまいましい。お前《まえ》は、郡司《ぐんじ》の家《いえ》に我々《われわれ》がいた時《とき》には、そのことを私《わたし》に言《い》わず、ここまで来《き》てからそれを言《い》うのは、憎《にく》らしい態度《たいど》だ」と言《い》うと、「あなた様《さま》がいらした傍《そば》の、羽目板《はめいた》の目隠《めかく》し一枚《いちまい》を隔《へだ》てた、その向《む》こうにあの女《おんな》はおりましたので、当然《とうぜん》ご存《ぞん》じだとばかり思《おも》いました」と従者《じゆうしや》が言《い》うと、「この後《のち》は、しばらく郡司《ぐんじ》のところに行《い》くまいと思《おも》っていたが、為家様《ためいえさま》にお暇《ひま》を申《もう》し出《で》て、早速《さつそく》もう一度《いちど》行《い》って、その女房《にようぼう》をかわいがってやろう」とさたが言《い》う。

❖この郡司《ぐんじ》がもとに、京《きやう》より浮《う》かれて、人《ひと》にすかされて来《き》たりける女房《にようぼう》のありけるを、いとほしがりて養《やしな》ひ置《お》きて、物縫《ものぬ》はせなど使《つか》ひければ、さやうの事《こと》なども心《こころ》得《え》てしければ、あはれなる者《もの》に思《おも》ひて置《お》きたりけるを、このさたに従者《ずさ》が言《い》ふやう、「郡司《ぐんじ》が家《いへ》に、京《きやう》の女房《にようぼう》といふ者《もの》の、かたちよく髪長《かみなが》きが候《さうら》ふを、隠《かく》し据《す》ゑて、殿《との》にも知《し》らせ奉《たてまつ》らで、置《お》きて候《さうら》ふぞ」と語《かた》りければ、「ねたきことかな。わ男《をとこ》、かしこにありし時《とき》は言《い》はで、ここにてかく言《い》ふは憎《にく》きことなり」と言《い》ひければ、「そのおはしまし傍《かたは》らに、切懸《きりかけ》の侍《はべ》りしを隔《へだ》てて、それがあなたに候《さうら》ひしかば、知《し》らせ給《たま》ひたるらんとこそ思《おも》ひ給《たま》へしか」と言《い》へば、「このたびはしばし行《ゆ》かじと思《おも》ひつ

るを、暇申《いとまもう》して、とく行《ゆ》きて、その女房《にょうばう》かなしうせん」と言《い》ひけり。

二《に》、三日後《さんにちご》、早速《さっそく》さたは為家《ためいえ》に「采配《さいはい》して来《こ》なければならないことを忘《わす》れたので、もう一度《いちど》郡司《ぐんじ》のところに参《まい》りたい」と言《い》うと、「さっさと行《い》ってやり遂《と》げて来《こ》い」と言《い》われ、さたは喜《よろこ》んで郡司《ぐんじ》のもとに下向《げこう》する。到着《とうちゃく》すると、挨拶《あいさつ》もなく、お付《つ》きの人《ひと》に対《たい》してするように、自分《じぶん》が着《き》ていた粗末《そまつ》な水干《すいかん》の、ほころびができているのを、例《れい》の羽目板《はめいた》の目隠《めかく》しの上《うえ》から投《な》げ入《い》れ、大《おお》きな声《こえ》で「このほころびを縫《ぬ》ってよこせ」と中《なか》の女房《にょうぼう》に向《む》かって言《い》う。するとほどなく投《な》げ返《かえ》してきたので、さたは「本当《ほんとう》に手早《てばや》く縫《ぬ》ってよこす女《おんな》だな」と荒々《あらあら》しい声《こえ》でほめ、水干《すいかん》を手《て》にとってみると、縫《ぬ》ってはいないで、陸奥国紙《みちのくにがみ》に書《か》いた手紙《てがみ》を、そのほころびのところに結《むす》び付《つ》けてよこしたのだった。

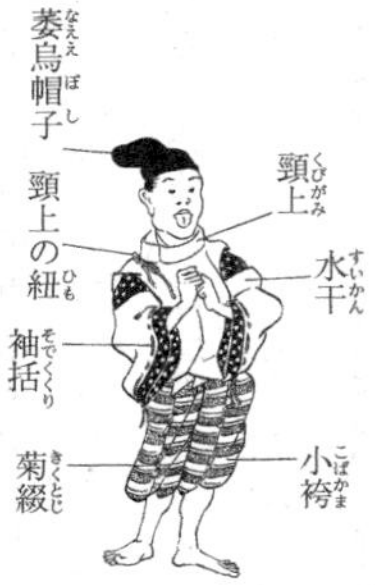

水干姿（伴大納言絵詞）

いぶかしく思《おも》って、その手紙《てがみ》を広《ひろ》げてみると、次《つぎ》のように書《か》いてあった。
われが身《み》は竹《たけ》の林《はやし》にあらねどもさたが衣《ころも》を脱《ぬ》ぎ懸《か》くるかな
（わたしの身《み》は竹《たけ》の林《はやし》ではないのに、さたが衣《ころも》を脱《ぬ》ぎかけることだ――「さた」に、この男《おとこ》の通称《つうしょう》「さた」と、仏典《ぶってん》に登場《とうじょう》する「薩埵太《さったたい》子《し》」の「さ（っ）た」（当時《とうじ》撥音《はつおん》・促音《そくおん》・濁音《だくおん》などは原則無表記《げんそくむひょうき》だった）が懸《か》けられている。）
これを見《み》たさた、すぐに薩埵太子《さったたいし》の故事《こじ》に気付《きづ》き、見事《みごと》だと感心《かんしん》できないのは仕方《しかた》ないにしても、見《み》る間《ま》に激怒《げきど》、「目《め》の悪《わる》い女《おんな》だ。ほころびを縫《ぬ》えと言《い》ったのに、ほころびは見《み》つけられず、その上《うえ》『さたの』と言《い》うべきところ、あのご立派《りっぱ》な為家様《ためいえさま》でさえ、いまだにこの何年《なんねん》もの間《あいだ》、そのようにお呼《よ》びにならないのに、どうして、この女《おんな》が『さたが』などと言《い》ってよいことか。この女《おんな》に、目《め》に物見《ものみ》せてやろう、と言《い》って……

❖あやしと思《おも》ひて、広《ひろ》げて見《み》れば、かく書《か》きたり。
われが身《み》は竹《たけ》の林《はやし》にあらねどもさたが衣《ころも》を脱《ぬ》ぎ懸《か》くるかな
と書《か》きたるを見《み》て、あはれなりと思《おも》ひ知《し》らんことこそなからめ、見《み》るままに大《おほ》きに腹《はら》を立《た》てて、「目《め》つぶれたる女人《によにん》かな。ほころび縫《ぬ》ひにやりたれば、ほころびの絶《た》えたる所《ところ》をば見《み》だにえ見付《みつ》けずして、『さたの』とこそ言《い》ふべきに、かけまくもかしこき守《かう》の殿《との》だにも、まだこそ、ここらの年月《としつき》ごろ、まだ、しか召《め》さね。なぞ、わ女《をんな》め、『さたが』と言《い》ふべきことか。この女人《によにん》に物習《ものなら》はさん」と言《い》ひて、……

呪《のろ》いの言葉《ことば》を浴《あ》びせかけられた女房《にょうぼう》はわけが分《わ》からず泣《な》き出《だ》してしまう。さたは、彼女《かのじょ》をかくまっている郡司《ぐんじ》のことをものの
しり、「この女《おんな》のことをいいつけて、おとがめがあるようにしてやる」と言《い》うので、女房《にょうぼう》は追《お》い詰《つ》められて辛《つら》い思《おも》いをするのだった。
さて、京《きょう》に戻《もど》ったさたは、為家《ためいえ》の邸《やしき》の詰所《つめしょ》で「わけのわからないくさり女《おんな》に、大変《たいへん》な口《くち》をきかれた」と怒《おこ》ってまくしたてるので、「何《なに》が起《お》きたのか」と聞《き》くと、さたは

「こういう不届《ふとど》きなことは、皆様《みなさま》からも為家様《ためいえさま》におっしゃって下《くだ》さい。皆様方《みなさまがた》の不名誉《ふめいよ》にもなることです」などと言《い》って、出来事《できごと》を語《かた》ったので「おやおや」と言《い》って笑《わら》う者《もの》も、さたのことを憎《にく》らしがる者《もの》も多《おお》く、女房《にようぼう》のことをみな気《き》の毒《どく》がり、優美《ゆうび》な心根《こころね》だと言《い》い合《あ》った。為家《ためいえ》はさたの話《はなし》をよく聞《き》いた後《のち》、さたを追放《ついほう》し、女房《にようぼう》のことを気《き》の毒《どく》がって、褒美《ほうび》などとらせた。自分《じぶん》の愚《おろ》かな心《こころ》が原因《げんいん》で、我《わ》が身《み》を持《も》ち崩《くず》した男《おとこ》だったそうだ。

✽大したことのない人が、立場の弱い相手に強気に出る嫌な場面は、現代にもありそうだが、薩埵太子《さつたたいし》の故事をふまえた見事な切り返しに気付かない無知さ加減と相俟《あいま》って、さたは一発退場になってしまった。人並み外れた愚か者と言うところだろう。

薩埵太子は、崖《がけ》の下に飢えた虎の親子がいるのを見て、自らを食べさせようとするが、その際、虎が自分を食べやすいように、着物を脱いで崖の上の竹にかけてから、崖の下にダイブした、という慈悲のかたまりのような人物で、過去世《せ》の釈迦《しゃか》の姿の一つ。この故事が「捨身飼虎《しゃしんしこ》」で、貴族社会で広く知られていた。法隆寺《ほうりゅうじ》蔵「玉虫厨子《たまむしのずし》」の台座にも、この捨身飼虎の絵が描かれている。

主格や連体格を表す助詞「の」に比べて「が」は、軽い扱いを表す傾向があった。それでさたは、「さたが」とは何事だ、「さたの」だろうと、がなりたてたわけである。

ちなみに、二五話「鼻の長い僧の話」で、鼻をもたげる代理の係が、禅珍内供《ぜんちんないぐ》の長い鼻を粥《かゆ》に落としてしまった後の場面で「内供が顔にも、童《わらわ》の顔にも、粥とばしりて」と記されており、『宇治拾遺物語』は、内供に対して、童《わらわ》より軽く見た表現を用いていることが分かる。

◈一〇四話「猟師《りょうし》が仏《ほとけ》を射《い》た話《はなし》」

昔《むかし》、愛宕《あたご》の山《やま》（修験者《しゅげんじゃ》の道場《どうじょう》として知《し》られる、山城《やましろ》の国《くに》と丹波《たんば》の国《くに》の境《さかい》の山《やま》）で、長《なが》らく修行《しゅぎょう》をしている聖《ひじり》がいた。長年修行《ながねんしゅぎょう》して、坊《ぼう》を出《で》ることがなかった。その聖《ひじり》の坊《ぼう》の西《にし》の方《ほう》に猟師《りょうし》が住《す》んでいて、この聖《ひじり》を尊《とうと》んで、よく訪《たず》ねて来《き》ては、食《た》べ物《もの》などをさしあげていた。しばらくぶりにわずかな食《た》べ物《もの》を持《も》って顔《かお》を出《だ》すと、聖《ひじり》は喜《よろこ》び、猟《りょう》師《し》に次《つぎ》のような話《はなし》をした。

「このごろ、とても尊《とうと》い事《こと》がある。この長《なが》い歳月《さいげつ》、余念《よねん》なく、『法華経《ほけきょう》』を読誦《どくじゅ》し続《つづ》ける修行《しゅぎょう》をして来《き》た甲斐《かい》あってか、この頃《ごろ》、夜《よる》に、普賢菩薩《ふげんぼさつ》が象《ぞう》に乗《の》って姿《すがた》を見《み》せて下《くだ》さるのだ。今晩《こんばん》はこの坊《ぼう》に泊《と》まって、一緒《いっしょ》に菩薩《ぼさつ》を拝《おが》みなさい」という。猟師《りょうし》は「とても尊《とうと》い事《こと》でございます。では、泊《と》まって拝《おが》み申《もう》し上《あ》げます」と言《い》って坊《ぼう》に泊《と》まる。聖《ひじり》の使《つか》っている童《わらわ》に「聖《ひじり》がおっしゃっているのはどういう事《こと》か。お前《まえ》もその仏《ほとけ》を拝《おが》み申《もう》し上《あ》げたのか」と聞《き》くと、童《わらわ》は「五《ご》、六度《ろくど》拝見《はいけん》しました」と言《い》うので、猟師《りょうし》は「私《わたし》も拝見《はいけん》できるかも知《し》れない」と思《おも》い、聖《ひじり》の後《うし》ろで一睡《いっすい》もせずにいた。(旧暦《きゅうれき》の)九月《くがつ》二十日《はつか》なので夜《よる》も長《なが》い。今《いま》か今《いま》かと待《ま》っていると、夜中過《よなかす》ぎかと思《おも》う頃《ころ》に、東《ひがし》の山《やま》の峰《みね》から月《つき》が出《で》てくるような様子《ようす》が見《み》え、峰《みね》の嵐《あらし》の寒々《さむざむ》とした音《おと》がする中《なか》、坊《ぼう》の内《うち》は光《ひかり》が差《さ》し込《こ》んだように明《あか》るくなった。見《み》ると、普賢菩薩《ふげんぼさつ》が白象《びゃくぞう》に乗《の》っておもむろにお出《で》ましになり、坊《ぼう》の前《まえ》にお立《た》ちになっている。聖《ひじり》は泣《な》きながら拝《おが》み「どう、あなたも拝《おが》み申《もう》し上《あ》げているか」と言《い》うので、猟師《りょうし》は「もちろん。童《わらわ》も拝《おが》み申《もう》し上《あ》げています。おうおう。大変尊《たいへんとうと》い事《こと》です」と答《こた》えつつも、内心《ないしん》「聖《ひじり》は長年《ながねん》『法華経《ほけきょう》』を読《よ》み続《つづ》けていらっしゃるのだから、聖《ひじり》の目《め》にだけお姿《すがた》が見《み》えるのなら分《わ》かるが、このお付《つ》きの童《わらわ》や私《わたし》のように、お経《きょう》の上下《じょうげ》の方向《ほうこう》も分《わ》からない人間《にんげん》たちに、普賢菩薩《ふげんぼさつ》が姿《すがた》をお見《み》せになるのは、納得《なっとく》できない」と思《おも》い、「試《ため》してみよう。これは罪《つみ》となるような事《こと》ではない」と思《おも》い、とがり矢《や》(矢《や》じりの付《つ》いた矢《や》)を弓《ゆみ》にセットして、聖《ひじり》が額《ぬか》ずいている頭越《あたまご》しに後方《こうほう》から、弓《ゆみ》を強《つよ》く引《ひ》き、ひゅっと射《い》ると、普賢菩薩《ふげんぼさつ》のお胸《むね》のあたりに当《あ》たったようで、ぱっと火《ひ》を消《け》したように光《ひか》りもなくなった。谷《たに》へと大《おお》きな音《おと》を立《た》てながら、何《なに》かが逃《に》げていく音《おと》がした。

❖「このほど、いみじく貴《たふと》き事《こと》あり。この年《とし》ごろ、他念《たねん》なく経《きやう》を持《たも》ち奉《たてまつ》りてある験《しるし》やらん、この夜《よ》ごろ、普賢菩薩《ふげんぼさつ》、象《ざう》に乗《の》りて見《み》え給《たま》ふ。今宵《こよひ》とどまりて拝《をが》み給《たま》へ」と言《い》ひければ、この猟師《れふし》、「よに貴《たふと》き事《こと》にこそ候《さうら》ふなれ。さらばとまりて拝《をが》み奉《たてまつ》らん」とてとどまりぬ。さて聖《ひじり》の使《つか》ふ童《わらは》のあるに問《と》ふ、「聖《ひじり》、のたまふやう、いかなる事《こと》ぞや。おのれもこの仏《ほとけ》をば拝《をが》み参《まゐ》らせたりや」と問《と》へば、童《わらは》は「五《ご》、六度《ろくど》ぞ見奉《みたてまつ》りて候《さうら》ふ」と言《い》ふに、猟師《れふし》、「我《われ》も見奉《みたてまつ》ることもやある」とて、聖《ひじり》の後《うし》ろに寝《い》ねもせずして起《お》きゐたり。

九月二十日《ながつきはつか》のことなれば夜《よる》も長《なが》し。今《いま》や今《いま》やと待《ま》つに、夜半《よなか》過《す》ぎぬらんと思《おも》ふほどに、東《ひんがし》の山《やま》の峰《みね》より、月《つき》の出《い》づるやうに見《み》えて、峰《みね》の嵐《あらし》もすさまじきに、この坊《ばう》の内《うち》、光《ひかり》さし入《い》りたるやうにて明《あか》くなりぬ。見《み》れば、普賢菩薩《ふげんぼさつ》、白象《びやくざう》に乗《の》りて、やうやうおはして、坊《ばう》の前《まへ》に立《た》ち給《たま》へり。聖泣《ひじりな》く泣《な》く拝《をが》みて、「いかに、ぬし殿《どの》は拝《をが》み奉《たてまつ》るや」と言《い》ひければ、「いかがは。この童《わらは》も拝《をが》み奉《たてまつ》る。をいをい。いみじう貴《たふと》し」とて、猟師《れふし》思《おも》ふやう、「聖《ひじり》は年《とし》ごろ、経《きやう》をも持《たも》ち読《よ》み給《たま》へばこそ、その目《め》ばかりに見《み》え給《たま》はめ。この童《わらは》、我《わ》が身《み》などは、経《きやう》の向《む》きたる方《かた》も知《し》らぬに、見《み》え給《たま》へるは心得《こころえ》られぬ事《こと》なり」と心《こころ》のうちに思《おも》ひて、「この事《こと》、試《こころ》みてむ。これ、罪得《つみう》べき事《こと》にあらず」と思《おも》ひて、とがり矢《や》を弓《ゆみ》につがひて、聖《ひじり》の拝《をが》み入《い》りたる上《うへ》よりさし越《こ》して、弓《ゆみ》を強《つよ》く引《ひ》きて、ひやうど射《い》たりければ、御胸《おんむね》のほどに当《あ》たるやうにて、火《ひ》をうち消《け》つごとくにて光《ひかり》も失《う》せぬ。谷《たに》へとどろめきて逃《に》げ行《ゆ》く音《おと》す。

聖《ひじり》は「これは一体《いったい》、何《なに》をなさったのだ」と言《い》って、泣《な》き惑《まど》うことこの上《うえ》ない。猟師《りょうし》が「聖《ひじり》には菩薩《ぼさつ》もお見《み》えになるでしょうが、私《わたし》のような罪深《つみぶか》い者《もの》の目《め》にも姿《すがた》をお見《み》せになったので、本物《ほんもの》かどうか試《ため》してみようと思《おも》って矢《や》を射《い》たのです。本当《ほんとう》の仏《ほとけ》なら、まさか矢《や》が当《あ》たられることはありますまい。すると、あれはあやしいものです」と言《い》う。

夜《よ》が明《あ》けて、血痕《けっこん》をたどって行《い》って見《み》ると、百《ひゃく》メートルほど行《い》った谷底《たにぞこ》に、大《おお》きな狸《たぬき》が、胸《むね》にとがり矢《や》を射通《いとお》されて、死《し》んで倒《たお》れていた。聖《ひじり》であっても智恵《ちえ》がないと、このように化《ば》かされる。猟師《りょうし》であっても洞察力《どうさつりょく》があったので、こうして狸《たぬき》を射殺《いころ》して、その化《ば》けの皮《かわ》を剝《は》ぐことができたのだ。

❖夜明《よあ》けて、血《ち》を尋《と》めて行《ゆ》きて見《み》ければ、一町《いっちやう》ばかり行《ゆ》きて、谷《たに》の底《そこ》に、大《おほ》きなる狸《たぬき》の、胸《むね》よりとがり矢《や》を射通《いとほ》されて、死《し》にて臥《ふ》せりけり。聖《ひじり》なれど無智《むち》なれば、かやうに化《ば》かされけるなり。猟師《れふし》なれども慮《おもんぱかり》ありければ、狸《たぬき》を射殺《いころ》し、その化《ば》けをあらはしけるなり。

✽普賢菩薩《ふげんぼさつ》は、『法華経《ほけきよう》』普賢菩薩勧発品《かんぼつぽん》に、持経者を守護するために現れると記されている菩薩で、象に乗って象《かたど》られる（一二八頁図参照）。『源氏物語《げんじものがたり》』で、鼻に特徴のある末摘花《すえつむはな》を見た源氏《げんじ》が、「ふげむぼさつの乗物とおぼゆ」と言っているように、

普賢菩薩像（東京国立博物館蔵）
Image:TNM Image Archives

普賢菩薩と長い鼻の象の組み合わせは、広く知られていた。

三二話「柿の木に仏現ずる事」では、五条《ごじょう》の天神《てんじん》近くの実のならない柿の木に仏が出現するが、くそとび（のすり）が変身していたことを、時の右大臣が見顕《みあらわ》している。とびや、くそとびのような鳥は、天狗《てんぐ》の乗り物だったり、天狗が変身したりしていることがあり、彼らは信心深い人間をだますのがうれしくて仕方ない体質に生まれついてしまっている。狸や狐、むじな（実体は不明）なども同様で、こうした動物は、例えば『今昔物語集《こんじやくものがたりしゅう》』に於《お》ける分類配列などから考えると、当時、天狗と近いところに位置づけられていたようだ。例えば、『閑居友《かんきょのとも》』という仏教説話集の編者として知られる慶政《けいせい》上人が、天狗の憑《つ》いた女性にインタビューした、『比良《ひら》山古《さんこ》人霊託《じんれいたく》』という貴重な資料がある。それによれば、憍慢心《きょうまん》（人に勝ちたいと思う心）や執着心（こだわりの強い心）を持った者が、天狗道に落ちやすいのだそうだ。

本話の聖《ひじり》に智恵《ちえ》があったなら、「自分程度の修行をしているだけで、直々《じきじき》に普賢菩薩がいらして下さるものなのか」と疑う心を持てたのだろう。「自分はずっと頑張って来た。仏様はそれを見ていて下さったのだ」――そう思いたい気持ちに、天狗の類はつけいってくる。その点、現代の詐欺と手口が似ている。いくら信心深くても、智恵がなければ何もならない、と『宇治拾遺物語』は言うが、多少わだかまりの残る終わり方である。信仰には、ひたすら神仏の御加護を信じる気持ちも必要だと思われるからだ。この問題は、一六九話「念仏僧が魔往生した話」を読む時に、もう一度考えてみたい。

◆一一二話「大安寺別当《だいあんじべっとう》の娘《むすめ》の恋人《こいびと》が夢《ゆめ》を見《み》た話《はなし》」

今《いま》は昔《むかし》、奈良《なら》の大安寺《だいあんじ》の事務長《じむちょう》をしている僧《そう》の娘《むすめ》のところに、蔵人《くろうど》をしている人《ひと》が忍《しの》んで通《かよ》っていたが、たまらなく慕《した》わしかったので、時々《ときどき》は昼《ひる》にも会《あ》いに行《い》っていた。ある時《とき》、昼寝《ひるね》した時《とき》の夢《ゆめ》で、急《きゅう》にこの家《いえ》の中《なか》の、身分《みぶん》の高《たか》い人《ひと》から低《ひく》い人《ひと》まで、大声《おおごえ》で泣《な》き騒《さわ》ぎ合《あ》っており、どうしたのだろうと不思議《ふしぎ》に思《おも》い、部屋《へや》を出《で》て見《み》てみると、交際相手《こうさいあいて》の父親《ちちおや》である僧《そう》、その妻《つま》である尼君《あまぎみ》以下《いか》、ありとある人《ひと》が、大《おお》きな焼《や》き物《もの》の器《うつわ》を捧《ささ》げ持《も》って泣《な》いている。なぜだろうとよくよく見《み》ると、その中《なか》には銅《どう》を溶《と》かした熱《あつ》い湯《ゆ》が器《うつわ》ごとに入《はい》っている。押《お》さえつけて、鬼《おに》が飲《の》ませようとしても飲《の》めそうもない銅《どう》の湯《ゆ》を、自《みずか》ら進《すす》んで、泣《な》く泣《な》く飲《の》むのだった。やっとのことで飲《の》み終《お》えると、またおかわりをする者《もの》もいた。身分《みぶん》の低《ひく》い者《もの》まで例外《れいがい》なく飲《の》んだ。自分《じぶん》のそばに横《よこ》たわっている彼女《かのじょ》のことを、女房《にょうぼう》が来《き》て呼《よ》んだ。

❖今《いま》は昔《むかし》、奈良《なら》の大安寺《だいあんじ》の別当《べつたう》なりける僧《そう》の女《むすめ》のもとに、蔵人《くらうど》なりける人忍《ひとしの》びて通《かよ》ふほどに、せめて思《おも》はしかりければ、時々《ときどき》は昼《ひる》もとまりけり。ある時《とき》、昼寝《ひるね》したりける夢《ゆめ》に、にはかにこの家《いへ》の内《うち》に、上下《かみしも》の人《ひと》とよみて泣《な》きあひけるを、「いかなる事《こと》やらん」とあやしければ、立《た》ち出《い》でて見《み》れば、舅《しうと》の僧《そう》、妻《め》の尼公《あまぎみ》より始《はじ》めて、ありとある人《ひと》、みな大《おほ》きなる土器《かはらけ》を捧《ささ》げて泣《な》きけり。「いかなればこの土器《かはらけ》を捧《ささ》げ泣《な》くやらん」と思《おも》ひて、よくよく見《み》れば、銅《あかがね》の湯《ゆ》を土器《かはらけ》ごとに盛《も》れり。打《う》ち張《は》りて、鬼《おに》の飲《の》ませんにだにも、飲《の》むべくもなき湯《ゆ》を、心《こころ》と泣《な》く泣《な》く飲《の》むなりけり。からくして飲《の》み果《は》てつれば、また、乞《こ》ひ添《そ》へて飲《の》む者《もの》もあり。下臈《げらふ》に至《いた》るまでも、飲《の》まぬ者《もの》なし。我《わ》が傍《かたは》らに臥《ふ》したる君《きみ》を、女房来《にようばうき》て呼《よ》ぶ。

彼女《かのじよ》も銀《ぎん》の器《うつわ》いっぱい銅《どう》の湯《ゆ》を、かわいい細《ほそ》い声《こえ》を挙《あ》げながら泣《な》く泣《な》く飲《の》む。その目鼻《めはな》からは煙《けむり》が出《で》ている。そして、「お客人《きやくじん》にもさしあげよ」と女房《にようぼう》が持《も》って来《き》て、驚《おどろ》きあきれて心《こころ》を惑《まど》わしているところで目《め》が覚《さ》めた。そこへ女房《にようぼう》が、食《た》べ物《もの》を持《も》って来《き》た。舅《しゆうと》の部屋《へや》の方《ほう》では食事《しよくじ》で騒《さわ》がしい。男《おとこ》は「本来《ほんらい》、寺《てら》に属《ぞく》する資産《しさん》（寺物《じもつ》）で、私的《してき》な飲《の》み食《く》いをしているのだろう。それがこの夢《ゆめ》になって見《み》えたのだ」と非常《ひじょう》につらく思《おも》い、女《おんな》への思《おも》いも消《き》えた。具合《ぐあい》が悪《わる》いと称《しょう》して、食事《しょくじ》もせずに彼女《かのじょ》の家《いえ》を後《あと》にし、その後《ご》は、二度《にど》とこの家《いえ》を訪《たず》ねなかった。

✤大安寺《だいあんじ》は、聖徳太子《しょうとくたいし》創建の熊凝寺《くまごりでら》を源とするとされる、南都《なんと》七大寺《しちだいじ》（奈良の七つの大寺院）の一つ。「大修多羅供《だいしゅたらぐ》」という法事を行うための費用を集め、出挙《すいこ》として貸し付けていたことでも知られていた。

当時、男女の逢瀬《おうせ》は人目を忍ぶスタイルをとる必要があり、日が落ちてから、男性が、目立たぬ姿になって女性を訪ねるのがマナーだった。そういう価値観は長く続き、室町《むろまち》時代に、風俗産業が昼間も営業するようになると、当時の都人は非常に嫌った。何かを行うのに相応しい時と場のルールが、長く保たれていたことの証《あかし》の一つである。昼にも女を訪ねていた蔵人《くろうど》が見たのが、今回の夢である。

『宇治拾遺物語』には、既にさまざまなタイプの夢の説話が出て来たが、本話で注意されるのが、彼がこの夢を見た時間帯である。普通、何かからのお告げは、明け方の、夢か現《うつつ》かというような時間帯にもたらされる。しかし、この男、昼寝した短い時間に、この夢を見ている。神仏から警告のメッセージを受け取ったというよりは、イレギュラーな時間に眠ったため、本来だったら見ないはずのものを、偶然見たのではないだろうか。本話が、仏物濫用《ぶつもつらんよう》を戒める性質を帯びていることは勿論《もちろん》だが、夢の混線、漏れ出てしまった夢、のようなものにも関心が払われていると考えられる。

◈ 一二五話「保輔《やすすけ》が盗人《ぬすびと》だった話《はなし》」

今《いま》は昔《むかし》、摂津《せっつ》の守藤原《かみふじわらの》保昌《やすまさ》の弟《おとうと》に、内裏《だいり》警備《けいび》役《やく》の兵衛尉《ひょうえのじょう》で五位《ごい》（六位《ろくい》の蔵人《くろうど》を除《のぞ》き、昇殿《しょうでん》を許《ゆる》される下限《かげん》の位《くらい》）の保輔《やすすけ》という者《もの》がいた。盗賊団《とうぞくだん》の長《ちょう》だった。姉《あね》が小路《こうじ》の南《みなみ》、高倉《たかくら》の東《ひがし》に住《す》んでいた。家《いえ》の奥《おく》に蔵《くら》を作《つく》り、下《した》を深《ふか》く、井戸《いど》のように掘《ほ》り、太刀《たち》・馬《うま》の鞍《くら》・鎧兜《よろいかぶと》・絹《きぬ》や布《ぬの》など、いろいろな物《もの》の物売《ものう》りを呼《よ》び入《い》れ、言《い》い値《ね》で買《か》う約束《やくそく》をし、「代金《だいきん》を与《あた》えよ。奥《おく》の蔵《くら》の方《ほう》へ連《つ》れて行《ゆ》け」と命《めい》じて、商人《しょうにん》が「代金《だいきん》を頂《いただ》こう」とついて行《い》くと、蔵《くら》の中《なか》へ呼《よ》び入《い》れて、この深《ふか》い穴《あな》へ突《つ》き落《お》とし突《つ》き落《お》としして、持《も》って来《き》たものは取《と》ってしまった。こうして保輔《やすすけ》のもとに物売《ものう》りに行《い》った者《もの》で、戻《もど》って来《き》たためしがなかった。この事《こと》を商人《しょうにん》たちは不審《ふしん》に思《おも》ったが、当人《とうにん》を皆埋《みなう》め殺《ころ》してしまったので、こんな目《め》に遭《あ》った、と証言《しょうげん》する者《もの》はいなかった。

これだけでなく、都中《みやこじゆう》をのし歩《ある》いて、盗《ぬす》みをしまくって過《す》ごした。それは、何《なん》となくは皆《みな》の耳《みみ》に入《はい》っていたが、どうしたわけか、保輔《やすすけ》は逮捕《たいほ》されることもなくて過《す》ぎた。

❖今《いま》は昔《むかし》、摂津《せつつ》の守保昌《かみやすまさ》が弟《おとうと》に、兵衛尉《ひやうゑのじよう》にて冠賜《かうぶりたま》はりて、保輔《やすすけ》といふ者《もの》ありけり。盗人《ぬすびと》の長《をさ》にてぞありける。家《いへ》は姉《あね》が小路《こうぢ》の南《みなみ》、高倉《たかくら》の東《ひんがし》にゐたりけり。家《いへ》の奥《おく》に蔵《くら》を作《つく》りて、下《した》を深《ふか》う井《ゐ》のやうに掘《ほ》りて、太刀《たち》、鞍《くら》、鎧《よろひ》、兜《かぶと》、絹《きぬ》、布《ぬの》など、よろづの売《う》る者《もの》を呼《よ》び入《い》れて、言《い》ふままに買《か》ひて、「値《あたひ》を取《と》らせよ」と言《い》ひて、「奥《おく》の蔵《くら》の方《かた》へ具《ぐ》して行《ゆ》け」と言《い》ひければ、「値《あたひ》、賜《たま》はらん」とて行《ゆ》きたるを、蔵《くら》の内《うち》へ呼《よ》び入《い》れつつ、掘《ほ》りたる穴《あな》へ突《つ》き入《い》れ突《つ》き入《い》れして、持《も》て来《き》たる物《もの》をば取《と》りけり。この保《やす》輔《すけ》がり、物持《ものも》て入《い》りたる者《もの》の、帰《かへ》り行《ゆ》くなし。この事《こと》を、物売《ものう》り、あやしう思《おも》へども、埋《うづ》み殺《ころ》しぬれば、この事《こと》を言《い》ふ者《もの》なかりけり。

これならず、京中押《きやうぢゆうお》しありきて、盗《ぬす》みをして過《す》ぎけり。この事《こと》、おろおろ聞《き》こえたりけれども、いかなりけるにか、捕《とら》へ搦《から》めらるることもなくてぞ過《す》ぎにける。

✿この説話を読んだ当時の読者は、保輔《やすすけ》の兄保昌《やすまさ》の背後に、藤原道長《ふじわらのみちなが》や頼通《よりみち》がついていたことと、保輔が逮捕されなかったことは、無関係でないと思っただろう。それにしても恐ろしい話で、「埋む」は積み重なって下のものを覆い隠す意であり、生きたまま突き落とされた商人たちが折り重なって充満し、死に至っているわけである。保輔は物の代金を払うのが惜しくて、この残忍な殺人を続けているのでもなさそうに思われる。蔵に掘られた底知れぬ穴と同じようなものが、この人物の心の中に空いている感じがするわけだが、保輔は実在の人物で、学者の大江匡衡《おおえのまさひら》（赤染衛門《あかぞめえもん》の夫）らを襲撃した犯人追及のため、兄藤原斉明《ただあきら》を逮捕に向かった検非違使《けびいし》への逆恨みから、殺人事件を計画したことが発覚し、逃避行の後逮捕、獄死したことが知られる。逮捕の状況を『続古事談《ぞくこじだん》』は、刀で腹を刺しきり、腸を引き出した、と記している。当時、切腹は、何かに抗議する時の死に方であることが多く、酷薄非道な保輔が、何に抗議しようとしたのか、想像する以外に方法はない。

九一話「僧伽多《そうかた》が羅刹《らせつ》の国に行った話」、一七〇話「慈覚《じかく》大師、纐纈城《こうけつじょう》に入り給ふ事」のような人食い鬼女の住む島に漂着したり、人を吊《つ》り下げてその血で纐纈《こうけつ》染めの布を作っている城に迷い込んだりといった、巨大な恐怖を描く説話がある一方、本話のように、平安京《へいあんきょう》を舞台とする不気味な説話が『宇治拾遺物語』には配置されている。遠い大国インド・中国を舞台に、多くの人々を巻き込んでの恐怖にも息をのむが、今日にも自分が巻き込まれるかも知れない暗い犯罪が、近所で着々と行われ、黙認され続けていたらしいことも恐ろしい。それはまさに、普段あまり自覚することのない身近な深い闇である。

二八話「袴垂《はかまだれ》が保昌に会った話」で、大盗賊袴垂を震え上がらせていた保昌は、大変な兄弟を持っていたわけだが、保昌自身も、道長・頼通に親しく仕える一方、国司として勢力を張る中で、大和源氏《やまとげんじ》の祖、源 頼親《みなもとのよりちか》の配下の者を殺害する事件などを起こしており、その報復として、保昌の郎等清原致信《きよはらのむねのぶ》が、家を襲撃され殺害される、という事件もあった。この清原致信こそ、『枕草子《まくらのそうし》』の作者清少納言《せいしょうなごん》の兄弟である。（この襲撃事件の際、致信の邸にいた尼姿の清少納言が、僧侶姿（法体《ほったい》）の男とまちがわれ、殺されそうになったので、迷うことなく裾《すそ》をまくって女だと示した、という逸話が、『古事談《こじだん》』に見える。）権力に近付いて武力を発揮した保昌と、盗みと暴行という、徹底して反社会的行動を貫いた保輔。対照的でありつつ、根幹には共通するものがあったわけだ。

なお、保昌を真ん中にして、盗賊袴垂、兄弟の保輔、どちらの説話も有名なため、後年、保輔に袴垂の名を冠して「袴垂保輔」などと称するようになったが、袴垂と保輔とは別人である。

◈一三一話「清水寺《きよみずでら》の御帳《みちよう》を頂《いただ》いた女《おんな》の話《はなし》」

今《いま》は昔《むかし》、頼《たよ》れるもののない女《おんな》で、清水寺《きよみずでら》にひたすらお参《まい》りしている者《もの》がいた。年月《ねんげつ》を重《かさ》ねても全《まつた》くその御利益《ごりやく》と思《おも》われることがなく、ますます頼《たよ》れるものがなくなっていき、最後《さいご》には、長年勤《ながねんつと》めていたところをさえ、何《なん》となく辞《や》めることになり、行《い》き場《ば》もないまま、清水寺《きよみずでら》に参籠《さんろう》（お籠《こ》もり）して、泣《な》く泣《な》く観音《かんのん》をお恨《うら》みし、「どのような前世《ぜんせ》の行《おこな》いの報《むく》いといっても、少《すこ》しばかりの頼《たよ》れるものをお与《あた》え下《くだ》さい」と強《つよ》くお願《ねが》いし、御前《ごぜん》にうつ伏《ぶ》しながら眠《ねむ》った夜《よる》の夢《ゆめ》に、

「御前《ごぜん》から」と言《い》って、「お前《まえ》がこのように強引《ごういん》に祈《いの》るので、かわいそうにお思《おも》いだが、少《すこ》しでも持《も》っているはずの頼《たよ》れるものがお前《まえ》にはないので、嘆《なげ》いておられる。これを頂戴《ちようだい》せよ」と言《い》って、御帳《みちよう》の帷《かたびら》（垂《た》れ幕用《まくよう》のカーテンのようなもの）をきれいにたたんで、女《おんな》の前《まえ》にお置《お》きになった、と見《み》て、女《おんな》は目覚《めざ》めた。お灯明《とうみよう》の光《ひかり》にかざして見《み》ると、夢《ゆめ》で見《み》た通《とお》り、御帳《みちよう》の

帷《かたびら》がたたまれて目《め》の前《まえ》にある。「ということは、これ以外下《いがいくだ》さるものがないのだろう」と思《おも》うと、あらためて自分《じぶん》の立場《たちば》が思《おも》われて、しみじみ悲《かな》しくなり、「これは何《なん》としても頂《いただ》けません。少《すこ》しの頼《たよ》れることもございましたら、錦《にしき》の一《ひと》つも、垂《た》れ幕《まく》に縫《ぬ》って寄付《きふ》しようと思《おも》っておりますのに、この御帳《みちよう》だけ頂戴《ちょうだい》して退出《たいしゅつ》できるはずもございません。お返《かえ》し申《もう》し上《あ》げましょう」と言《い》って、犬防《いぬふせ》ぎ（お寺《てら》の内陣《ないじん》と外陣《げじん》の間《あいだ》の柵《さく》）の内側《うちがわ》に押《お》し入《い》れた。

❖御前《ごぜん》よりとて、「かくあながちに申《まう》せば、いとほしくおぼしめせど、少《すこ》しにても、あるべき便《たよ》りのなければ、そのことをおぼしめし嘆《なげ》くなり。これを賜《たまは》れ」とて、御《み》帳《ちやう》の帷《かたびら》をいとよくたたみて、前《まへ》にうち置《お》かると見《み》て、夢覚《ゆめさ》めて、御《み》あかしの光《ひかり》に見《み》れば、夢《ゆめ》のごとく、御帳《みちやう》の帷《かたびら》、たたまれて前《まへ》にあるを見《み》るに、「さは、これより他《ほか》に、賜《た》ぶべき物《もの》のなきにこそあんなれ」と思《おも》ふに、身《み》のほどの思《おも》ひ知《し》られて、悲《かな》しくて申《まう》すやう、「これ、さらに賜《たまは》らじ。少《すこ》しの便《たよ》りも候《さうら》はば、錦《にしき》をも、御帳《みちやう》には縫《ぬ》ひて参《まゐ》らせんとこそ思《おも》ひ候《さうら》ふに、この御帳《みちやう》ばかりを賜《たまは》りて、まかり出《い》づべきやう候《さうら》はず。返《かへ》し参《まゐ》らせ候《さうら》ひなん」と申《まう》して、犬防《いぬふせ》ぎの内《うち》に、さし入《い》れて置《お》きぬ。

すると、またまどろんだ夢《ゆめ》の中《なか》で、「どうしてそう小賢《こざか》しいのだ。ただ下《くだ》さるものを頂戴《ちょうだい》しないで、こうしてお返《かえ》しするとは、けしからぬ」と言《い》われて、もう一度頂戴《いちどちょうだい》する夢《ゆめ》を見《み》た。すると、目覚《めざ》めた時《とき》、また前《まえ》と同《おな》じように帷《かたびら》が目《め》の前《まえ》におかれていたので、女《おんな》は泣《な》きながらもう一度《いちど》お返《かえ》しした。このやりとりを繰《く》り返《かえ》して、もう一度《いちど》戻《もど》されて来《き》た時《とき》「今回《こんかい》もお返《かえ》し申《もう》し上《あ》げるのは無礼《ぶれい》である」と諭《さと》されたので、「こんな事《こと》とは知《し》らない寺《てら》の僧侶《そうりょ》が、たたんだ御帳《みちょう》をごそごそやっている自分《じぶん》の姿《すがた》を見《み》て、盗《ぬす》もうとしていると疑《うたが》ったら大変《たいへん》だ」と思《おも》うのもつらいので、まだ夜明《よあ》けにも随分《ずいぶん》ある時分《じぶん》に、帷《かたびら》を懐《ふところ》に入《い》れて、寺《てら》から退出《たいしゅつ》した。この布《ぬの》をどうしようと思《おも》い、広《ひろ》げてみて、「そういえば着《き》るべき着物《きもの》もなかった」と気《き》づき、「これを着物《きもの》に仕立《した》てて着《き》ようう」と思《おも》いついた。

これを着物《きもの》に仕立《した》てて着《き》て後《のち》、会《あ》う人会《ひとあ》う人《ひと》、それが男《おとこ》でもあれ、女《おんな》でもあれ、心底《しんそこ》かわいがられて、関係《かんけい》の薄《うす》い人《ひと》から、物《もの》をたくさんもらった。大切《たいせつ》な人《ひと》の訴訟《そしょう》の時《とき》にも、この着物《きもの》を着《き》て、見《み》ず知《し》らずの身分《みぶん》の高《たか》い人《ひと》のところに参上《さんじょう》して陳情《ちんじょう》すると、必《かなら》ずかなった。こうして、人《ひと》から物《もの》をもらい、頼《たの》もしい男性《だんせい》にも愛《あい》されて、裕福《ゆうふく》に暮《く》らした。それで、その着物《きもの》はしまって置《お》き、ここ一番《いちばん》という時《とき》にだけ、取《と》り出《だ》して着《き》ると、必《かなら》ずかなった。

❖これを衣《きぬ》にして着《き》て後《のち》、見《み》と見《み》る、男《をとこ》にもあれ、女《をんな》にもあれ、あはれにいとほしき者《もの》に思《おも》はれて、そぞろなる人《ひと》の手《て》より、物《もの》を多《おほ》く得《え》てけり。大事《だいじ》なる人《ひと》の愁《うれ》へをも、その衣《きぬ》を着《き》て、知《し》らぬやんごとなき所《ところ》にも参《まゐ》りて申《まう》させければ、必《かなら》ずなりけり。かやうにしつつ、人《ひと》の手《て》より物《もの》を得《え》、よき男《をとこ》にも思《おも》はれて、たのしくてぞありける。されば、その衣《きぬ》をば納《をさ》めて、必《かなら》ず先途《せんど》と思《おも》ふことの折《をり》にぞ、取《と》り出《い》でて着《き》ける。必《かなら》ずかなひけり。

✿九六話「長谷《はせ》寺参籠《でらさんろう》の男《おのこ》、利生《りしよう》に預《あず》かる事」はいわゆる民話のわらしべ長者とストーリー展開が同じだが、清水寺《きよみずでら》・長谷寺それぞれの御本尊である観音《かんのん》を、脅さんばかりに必死でお祈りした男女が、それぞれ幸福な結末を得る点で、本話と「セット」になっている。しかし、九六話の強引な男でさえ、夢のお告げに対しては従順で、寺を出る時に最初に手にしたわらしべ一筋を、「仏がはからって下さるのだろう」と素直に持って出て行った。今回の女は「いくら何でもこれはひどい」と言って、頂いた御帳《みちよう》を押し返している。神仏に対してこんなことをして、大丈夫なのだろうか、という気持ちになる。

この女が、度々下さり物をお返ししたのは、女が想像していた物と、あまりにもかけ離れていたからなのだろうが、では、女は、どういうことを期待してお籠《こ》もりしていたのだろう。観音からの下さり物が、八八話「賀茂《かも》の社から紙と米を頂いた話」のように、「お告げ」の形式であれば、女も受け入れられたのではないだろうか。何かわずかな頼りとなるものが欲しい、という時に、人が神仏に期待するのは、現物ではなく、より曖昧《あいまい》で、確実性の低い、夢のお告げなのだというのはおもしろい。

いつまでも続く、衣のパワーを感じる度に、この女は、清水の観音の偉大さを確認すると共に、今もなお、観音が自分を引き続き守って下さっていることを感じただろう。八八話で無尽蔵に米と紙が出て来る白い長櫃《ながびつ》をもらった比叡山《ひえいざん》の僧のもとにも、本話の女のもとにも、最後に残るものは、この長く続く御利益のありがたみだったのだ。彼らは、おすがりしている神仏に対してさえ、礼儀にもとる心根を抱いてしまいかねない、まさに迷える衆生《しゅじょう》だが、慈悲深い、観音をはじめとする神仏は、なぜそのような心根になってしまうのかの事情をご存じで、許し、そして与えて下さるのである。

◈一三三話「空入水《そらじゆすい》した僧《そう》の話《はなし》」

これも今《いま》は昔《むかし》、桂川《かつらがわ》に身投《みな》げしようという聖《ひじり》が、まず祇陀林寺《ぎだりんじ》（中御門《なかみかど》京極《きようごく》にあった天台宗《てんだいしゆう》の寺《てら》）で百日懺法《ひやくにちせんぼう》（百日間《ひやくにちかん》『法華経《ほけきよう》』を読《よ》み懺悔《ざんげ》する修行《しゆぎよう》）を行《おこな》ったので、近《ちか》くから遠《とお》くから、身動《みうご》きがとれないほど拝《おが》みにやってくる女房車《にようぼうぐるま》などがひきもきらない。見《み》ると僧《そう》は、三十歳《さんじつさい》すぎ位《くらい》で、細《ほそ》やかな目《め》を人《ひと》に合《あ》わせようとせず、眠《ねむ》ったようにして、時々阿弥陀仏《ときどきあみだぶつ》の御《み》名《な》を申《もう》し上《あ》げる。その間《あいだ》、唇《くちびる》だけ動《うご》かしているのは、念仏《ねんぶつ》なのだろうと見《み》える。また、時々《ときどき》わずかにふっと息《いき》を吐《は》くようにして、集《あつ》まった人《ひと》たちの顔《かお》を見渡《みわた》すと、その目線《めせん》に合《あ》わせようと、人々《ひとびと》は、こちらに押《お》し、あちらに押し、ひしめきあった。

❖これも今《いま》は昔《むかし》、桂川《かつらがは》に身投《みな》げんずる聖《ひじり》とて、まづ祇陀林寺《ぎだりんじ》にして、百日懺法行《ひやくにちせんぼふおこな》ひければ、近《ちか》き遠《とほ》き者《もの》ども、道《みち》もさりあへず、拝《をが》みに行《ゆ》き違《ちが》ふ女房車《にようばうぐるま》など隙《ひま》なし。見《み》れば、三十余《さんじふあま》りばかりなる僧《そう》の、細《ほそ》やかなる目《め》をも人《ひと》に見合《みあ》はせず、眠《ねぶ》り目《め》にて、時々阿弥陀仏《ときどきあみだぶつ》を申《まう》す。そのはざまは唇《くちびる》ばかりはたらくは、念仏《ねんぶつ》なんめりと見《み》ゆ。また、時々《ときどき》、そそと息《いき》を放《はな》つやうにして、集《つど》ひたる者《もの》どもの顔《かほ》を見渡《みわた》せば、その目《め》に見合《みあ》はせんと、集《つど》ひたる者《もの》ども、こち押《お》し、あち押《お》し、ひしめき合《あ》ひたり。

✽ここまで一気に記されていて、他に何も説明がないが、桂川《かつらがわ》に聖《ひじり》が身投げ、といえば、当時、それは入水往生《じゆすい》しようとしているということだった。捨てがたい命や身体を仏に捧《ささ》げることは、この上ない信心の現れとする考え方があり、また、奇跡である極楽往生を遂げるには、亡くなる時に心が乱れない「臨終正念」や、最後の十念（臨終間際の十回の念仏）が、特に大切だと信じられていたため、自分のタイミングで、意志的に死のうとする人々がいた。例えば鴨長明《かものちようめい》の仏教説話集『発心集《ほつしんしゆう》』には、蓮花城《れんげじよう》という聖が、桂川で入水した経緯と心理が詳しく記されている。また、人々がひしめきあったのは、「イベント」への興味だけでなく、本来は「結縁《けちえん》」のためである。「結縁」とは、僧侶《そうりよ》や他の信者などが善行を積むことの、ささやかな助けをするとか、せめて拝みに行くとかいうような縁結びをして、僅《わず》かずつでも善行を積み、仏に認めてもらおうとすることである。

後の場面に出て来るように、最後まで見届けようとする人々は、往生に際して、例えば紫雲がたなびくとか、妙なる音楽が聞こえるとか、良い香りがするとかの、奇跡があるのかどうかを、実際に見学したいと思っているのである。自殺する人を止めようともせず、間近で見守るというのも、現代的にはあり得ないことだが、真面目な見学者の場合、高い志の宗教行為を真剣に見届けようとしているのである。

さて、当日《とうじつ》の早朝《そうちょう》になり、お堂《どう》から多《おお》くの僧《そう》が列《れつ》をなして歩《あゆ》み出《で》て来《き》た。入水《じゅすい》する聖《ひじり》は紙《かみ》の衣《ころも》、袈裟《けさ》などを着《き》て、雑役車《ぞうやくぐるま》（雑用《ざつよう》の車《くるま》）に乗《の》っていく。何《なん》と言《い》っているのか、唇《くちびる》は動《うご》いている。人《ひと》に目《め》を合《あ》わせず、時々大《ときどきおお》きな息《いき》を吐《は》く。道《みち》に立《た》ち並《なら》んでいる人々《ひとびと》は、魔除《まよ》けの米《こめ》を霰《あられ》のように降《ふ》らす。聖《ひじり》は「なぜこのように。目鼻《めはな》に入《はい》って堪《た》えられない。志《こころざし》があるなら、紙袋《かみぶくろ》などに入《い》れて、私《わたし》のいたところに送《おく》るように」と時々言《ときどきい》う。わけの分《わ》からない連中《れんちゅう》は、これを聞《き》いて、手《て》をすって拝《おが》んでいるが、少《すこ》し者《もの》の分《わ》かった者《もの》たちからは、「これから水《みず》に入《はい》ろうとするのに、米《こめ》は祇陀林寺《ぎだりんじ》へ送《おく》れ、などというのはおかしい」とささやく声《こえ》もした。七条通《しちじようどお》りの西《にし》の端《はし》まで進《すす》むと、入水《じゆすい》の聖《ひじり》を拝《おが》みたいと、河原《かわら》の石《いし》よりも多《おお》く、人《ひと》が集《あつ》まっている。桂川《かつらがわ》のほとりに車《くるま》を立《た》てると、聖《ひじり》は「今《いま》は何時《なんじ》か」と言《い》う。供《とも》の僧《そう》たちが「午後四時《ごごよじ》を過《す》ぎた時分《じぶん》です」と答《こた》えると、「往生《おうじよう》にふさわしい刻限《こくげん》には時期尚早《じきしようそう》だ。もう少《すこ》し時刻《じこく》を遅《おく》らせる」と聖《ひじり》は言《い》い、待《ま》ちきれなくなって、遠《とお》くから来《き》た者《もの》は帰《かえ》りなどしたので、河原《かわら》は人少《ひとずく》なになった。熱心《ねつしん》な見学者《けんがくしや》の中《なか》のある僧《そう》などは、「往生《おうじよう》に相応《ふさわ》しい時刻《じこく》などあるだろうか。納得《なつとく》のいかないことだ」などと言《い》っていた。

あれこれ言《い》っているうちに、この聖《ひじり》はふんどし一《ひと》つで、(阿弥陀仏《あみだぶつ》の浄土《じようど》である西方極楽浄土《さいほうごくらくじようど》のある)西《にし》に向《む》かい、川《かわ》にざぶんと入《はい》ると、船端《ふなばた》の縄《なわ》に足《あし》をかけたまま、どぶんとも水中《すいちゆう》に入《はい》らず、ばたばたしていたので、弟子《でし》の聖《ひじり》が縄《なわ》を外《はず》したところ、今度《こんど》は真《ま》っ逆《さか》さまに水《みず》に入《はい》り、ごぼごぼする。男《おとこ》が川面《かわも》まで下《お》りて行《い》って、「よく見《み》よう」と立《た》っていたのが、この聖《ひじり》の手《て》を取《と》って引《ひ》き上《あ》げたところ、聖《ひじり》は左右《さゆう》の手《て》で顔《かお》をぬぐい、口《くち》に含《ふく》んだ水《みず》を吐《は》き捨《す》てて、この引《ひ》き上《あ》げてくれた男《おとこ》に向《む》かって手《て》をすり、「大変《たいへん》な御恩《ごおん》を頂《いただ》きました。この御恩《ごおん》は極楽《ごくらく》でお返《かえ》し申《もう》します」と言《い》うと、陸《りく》に走《はし》り上《あが》って行《い》ったのを、たくさんの集《あつ》まった人々《ひとびと》や子供《こども》たちは、河原《かわら》の石《いし》を取《と》り、撒《ま》くように投《な》げつけた。裸《はだか》の法師《ほうし》が、河原《かわら》を南《みなみ》に向《む》けて走《はし》って行《い》くのを、集《あつ》まった人々《ひとびと》は、次《つぎ》から次《つぎ》へと、自分《じぶん》たちの前《まえ》を通《とお》るタイミングで石《いし》を投《な》げつけたので、聖《ひじり》は頭《あたま》に怪我《けが》をして血《ち》が流《なが》れた。

この聖《ひじり》だったろうか、大和《やまと》の国《くに》（現奈良県《げんならけん》）から名産《めいさん》の瓜《うり》を人《ひと》のところに贈《おく》る手紙《てがみ》の上書《うわが》きに、「先《せん》だって入水《じゆすい》した上人《しょうにん》」と悪《わる》びれることなく書《か》いていたとか。

❖とかく言《い》ふほどに、この聖《ひじり》、褌《たふさぎ》にて、西《にし》に向《む》かひて、川《かは》にざぶりと入《い》るほどに、舟《ふな》ばたなる縄《なは》に足《あし》をかけて、づぶりとも入《い》らで、ひしめくほどに、弟子《でし》の聖《ひじり》はづしたれば、逆《さか》さまに入《い》りて、ごぶごぶとするを、男《をとこ》の、川《かは》へおり下《くだ》りて、「よく見《み》ん」とて立《た》てるが、この聖《ひじり》の手《て》を取《と》りて、引《ひ》き上《あ》げたれば、左右《さう》の手《て》して顔払《かほはら》ひて、くくみたる水《みづ》を吐《は》き捨《す》てて、この引《ひ》き上《あ》げたる男《をとこ》に向《む》かひて、手《て》をすりて「広大《くわうだい》の御《ご》恩《おん》、蒙《かうぶ》り候《さうら》ひぬ。この御恩《ごおん》は極楽《ごくらく》にて申《まう》し候《さうら》はむ」と言《い》ひて、陸《くが》へ走《はし》り上《のぼ》るを、そこら集《あつ》まりたる者《もの》ども、童部《わらはべ》、河原《かはら》の石《いし》を取《と》りて、まきかくるやうに打《う》つ。裸《はだか》なる法師《ほふし》の、河原下《かはらくだ》りに走《はし》るを、集《つど》ひたる者《もの》ども、受《う》け取《と》り受《う》け取《と》り打《う》ちければ、頭打《かしらう》ち割《わ》られにけり。

この法師《ほふし》にやありけむ、大和《やまと》より瓜《うり》を人《ひと》のもとへやりける文《ふみ》の上書《うはが》きに、「前《さき》の入水《じゆすい》の上人《しやうにん》」と書《か》きたりけるとか。

✽久米《くめ》の仙人は、神通力によって空を飛んでいる最中、洗濯をしている女性のふくらはぎの白いのを見て空から墜落し、後にその女性と結婚したことで有名だが、彼は俗人になった時、馬の売券に「前《さき》の仙久米」（以前仙人だった久米）と署名したという（『今昔物語集《こんじやくものがたりしゆう》』）。今回の聖の「前《さき》の入水の上人」も、名乗りだけは久米の仙人並みだったことになるだろうか。

この時代、宗教にまつわる詐欺まがいのことで渡世している法師姿の人々を、「誑《おう》惑《わく》（狂《きよう》惑。「誑《おう》」は読み癖《ぐせ》）の法師（聖《ひじり》）」と呼んでいた（田口和夫）。「今回はこんなこと、考えてみました」と時々披露しに来ているのではないかと思うような、あっけらかんとした様子が、五話「随求陀羅尼額《ずいぐだらにひたいこ》に籠むる法師《ほうし》の事」や六話「中納言師時《もろとき》、法師の玉茎検知《たまくき》の事」などに描かれている。

一方、無住《むじゅう》作『雑談集《ぞうたんしゅう》』には、芸術的とでも言いたくなるような誑惑が取り上げられている。それによれば、現茨城県のある老入道のところをよく訪ねて来た乞食《こつじき》法師は、自ら焼身自殺を図る「身燈《しんとう》」の巡業をして歩いていた。そのやり方は、薪をたくさん積み上げた上に横たわり、下方には遺体を置いておき、点火した後、抜け穴から脱出、仲間の念仏衆が、結縁の人々から銭や米などの布施を受け取り、収入とする。抜け穴から出た身燈役は、山道など通って、念仏衆役の仲間と合流して、次の興行先に移動する。身燈当日までは、それに向けての修行ということで、結縁の人々を募って集会を開く、というやり方だった。『宇治拾遺物語』の本話も、これに類するものならば、この後のクライマックスで、何か仕掛けがあってこっそり助かる、という段取りになったところだろうが、そうは展開しなかったわけである。

『雑談集』の聖の誑惑が、寄付金を観覧料として集めて行う「本物」のイリュージョンなら、この一三三話の場合は真っ赤な「偽物」。人に注目されたいのと、先まで物事を考えずに行けるところまで行ってしまうのと、そういう性質を兼ね備えた人物だったようである。周りを見回すと、現代の我々の身近にも、一人くらいは、これに似た部分のある人がいるかも知れない。何人も思いつく人は、少し気をつけた方がよいだろう。

◈一三四話「日蔵上人《にちぞうしょうにん》が吉野山《よしのやま》で鬼《おに》に会《あ》った話《はなし》」

昔《むかし》、吉野山《よしのやま》の日蔵《にちぞう》の君《きみ》が、吉野《よしの》の奥《おく》を修行《しゅぎょう》して回《まわ》っていらしたところ、身長二一〇《しんちょうにひゃくじっ》センチメートルほどの鬼《おに》で、体《からだ》の色《いろ》は鮮《あざ》やかな青《あお》、髪《かみ》の毛《け》は火《ひ》のように赤《あか》く、首《くび》が細《ほそ》く、胸骨《きょうこつ》は特《とく》に出《で》っ張《ぱ》ってとがっており、腹《はら》はふくれて脛《すね》は細《ほそ》いのが、日蔵《にちぞう》に会《あ》い、手《て》を合《あ》わせて泣《な》くことこの上《うえ》ない。「お前《まえ》はどういう鬼《おに》か」と聞《き》くと、鬼《おに》は涙《なみだ》にむせびながら、次《つぎ》のように答《こた》えた。「私《わたし》はこの四《し》、五百年前《ごひゃくねんまえ》の昔《むかし》の人間《にんげん》ですが、ある人《ひと》のために恨《うら》みを残《のこ》したがために、今《いま》はこのような鬼《おに》の身《み》となりました。その敵《かたき》を、願《ねが》い通《どお》り取《と》り殺《ころ》し、その子《こ》、孫《まご》、曾孫《ひまご》、玄孫《やしゃご》にいたるまで、残《のこ》りなく殺《ころ》してしまい、今《いま》は殺《ころ》すべき者《もの》がなくなった。だから、彼《かれ》らが生《う》まれ変《か》わる先《さき》まで知《し》って、取《と》り殺《ころ》そうと思《おも》いますが、次《つぎ》、そのまた次《つぎ》の生《う》まれる先《さき》は全《まった》く分《わ》からないので、取《と》り殺《ころ》しようがない。恨《うら》みの炎《ほのお》は当時《とうじ》と同《おな》じように燃《も》えるのに、敵《かたき》の子孫《しそん》は絶《た》えてしまった。ただ私《わたし》だけが、尽《つ》きることのない恨《うら》みの炎《ほのお》に身《み》を焼《や》かれ、どうすることもできない苦《く》ばかりを受《う》けております。」

「人《ひと》に対《たい》して恨《うら》みを残《のこ》す事《こと》は、すべて自分《じぶん》に返《かえ》ってくるものだったのです。敵《かたき》の子孫《しそん》は死滅《しめつ》した。私《わたし》の命《いのち》は際限《さいげん》なく続《つづ》く。事前《じぜん》にこうだと知《し》っていたなら、このような恨《うら》みを残《のこ》さなかっただろうに」と言《い》うと、鬼《おに》は涙《なみだ》を流《なが》して泣《な》き続《つづ》けた。その間《あいだ》、頭《あたま》から炎《ほのお》がだんだんと燃《も》え出《で》て来《き》た。こうして、山《やま》の奥《おく》の方《ほう》へ入《はい》って行《い》った。この後《のち》、日蔵《にちぞう》の君《きみ》は、かわいそうに思《おも》って、この鬼《おに》のために、いろいろな、罪滅《つみほろ》ぼしとなるような事《こと》をなさったとかいうことだ。

❖「人《ひと》のために恨《うら》みを残《のこ》すは、しかしながら我《わ》が身《み》のためにてこそありけれ。敵《かたき》の子孫《こまご》は尽《つ》き果《は》てぬ。我《わ》が命《いのち》は極《きは》まりもなし。かねてこのやうを知《し》らましかば、かかる恨《うら》みをば残《のこ》さざらまし」と言《い》ひ続《つづ》けて、涙《なみだ》を流《なが》して、泣《な》くこと限《かぎ》りなし。そのあひだに、頭《かうべ》より炎《ほのほ》やうやう燃《も》え出《い》でけり。さて山《やま》の奥《おく》ざまへ歩《あゆ》み入《い》りけり。さて日蔵《にちぞう》のきみ、あはれと思《おも》ひて、それがために、さまざまの罪滅《つみほろ》ぶべき事《こと》どもをし給《たま》ひけるとか。

✽入水《じゆすい》の聖のしょうがない説話の次は、このようにまことに切ない話で、鬼が日蔵《にちぞう》に苦しい胸の内を吐露すると、何も頼みごとをせずに黙って山奥に姿を消す、というのも、自分の運命は自分で引き受けざるを得ないのだと悟っていることを感じさせる。三話「鬼にこぶをとられた話」のこぶとりの鬼や九一話「僧伽多《そうかた》が羅刹《らせつ》の国に行った話」の羅刹の国の鬼とは、まるで印象が異る。日蔵は、三善清行《みよしのきよゆき》（醍醐《だいご》天皇に「意見封事《ふうじ》十二箇条」を提出したことで知られる）の弟で、自分を陥れた藤原時平《ふじわらのときひら》の周辺を強く恨む菅原道真《すがわらのみちざね》に冥途で会い、また道真を大宰府《だざいふ》に配流する決定を下した醍醐天皇が、地獄で責め苦を受けているのを目撃して、現世に戻って来た人物として有名。日蔵の登場する一三四話は、その道真をめぐる逸話を、読者に連想させずにはおかなかっただろう。

◈一三六話「出家《しゅつけ》の価値《かち》の話《はなし》」

これも今《いま》は昔《むかし》、筑紫《つくし》（現福岡県《げんふくおかけん》もしくは九州全体《きゅうしゅうぜんたい》を指《さ》す）に、とうさかの塞《さえ》と申《もう》し上《あ》げる道祖神《どうそじん》がいらした。その祠《ほこら》に、修行《しゅぎょう》の旅《たび》をしていた僧《そう》が泊《と》まり、寝《ね》ていた夜中頃《よなかごろ》だろうかと思《おも》う時分《じぶん》、馬《うま》の足音《あしおと》がたくさんして、人《ひと》が通《とお》り過《す》ぎて行《い》ったと思《おも》っていると、「道祖神《どうそじん》はいらっしゃいますか」とたずねる声《こえ》がする。この、祠《ほこら》に宿《やど》っている僧《そう》が、奇妙《きみょう》なことだと思《おも》って聞《き》いていると、祠《ほこら》の中《なか》から「おります」と答《こた》える。重《かさ》ねてあきれたことだと思《おも》いながら聞《き》いていると、「明日《あす》、武蔵寺《むさしでら》には参《まい》られますか」と聞《き》き、「そのつもりはありませんが、何《なに》があるのですか」と答《こた》える。「明日《あす》、武蔵《むさし》寺《でら》に、新《あたら》しい仏《ほとけ》が出現《しゅつげん》されるということで、神仏《しんぶつ》がお集《あつ》まりになると、ご存《ぞん》じないのか」と言《い》うと、「知《し》りませんでした。よくお知《し》らせ下《くだ》さいました。どうして参《まい》らずにおられましょう。必《かなら》ず参《まい》るつもりです」と言《い》うと、

「では明日《あす》の午前十時頃《ごぜんじゆうじごろ》の事《こと》なので、必《かなら》ずいらっしゃいませ。お待《ま》ち申《もう》します」と言《い》って、通《とお》り過《す》ぎて行《い》った。

❖これも今《いま》は昔《むかし》、筑紫《つくし》に、たうさかの塞《さへ》と申《まう》す斎《さい》の神《かみ》まします。その祠《ほこら》に、修行《しゆぎやう》しける僧《そう》の宿《やど》りて、寝《ね》たりける夜《よる》、夜中《よなか》ばかりにはなりぬらんと思《おも》ふほどに、馬《うま》の足音《あしおと》あまたして、人《ひと》の過《す》ぐると聞《き》くほどに、「斎《さい》はましますか」と問《と》ふ声《こゑ》す。この宿《やど》りたる僧《そう》、あやしと聞《き》くほどに、この祠《ほこら》の内《うち》より、「侍《はべ》り」と答《こた》ふなり。また、あさましと聞《き》けば、「明日《あす》、武蔵寺《むさしでら》にや参《まゐ》り給《たま》ふ」と問《と》ふなれば、「さも侍《はべ》らず。何事《なにごと》の侍《はべ》るぞ」と答《こた》ふ。「明日《あす》、武蔵寺《むさしでら》に、新仏《にひぼとけ》出《い》で給《たま》ふべしとて、梵天《ぼんてん》、帝釈《たいしやく》、諸天《しよてん》、竜神《りゆうじん》集《あつ》まり給《たま》ふとは知《し》り給《たま》はぬか」と言《い》ふなれば、「さる事《こと》も、え承《うけたまは》らざりけり。うれしく告《つ》げ給《たま》へるかな。いかでか参《まゐ》らでは侍《はべ》らん。必《かなら》ず参《まゐ》らんずる」と言《い》へば、「さらば、あすの巳《み》の時《とき》ばかりの事《こと》なり。必《かなら》ず参《まゐ》り給《たま》へ。待《ま》ち申《まう》さん」とて過《す》ぎぬ。

僧《そう》は「珍《めずら》しいことを聞《き》いたものだ。明日《あす》はこの事《こと》を見届《みとど》けてから、どこへなりと行《い》こう」と思《おも》い、夜《よ》が明《あ》けるや否《いな》や、武蔵寺《むさしでら》に行《い》って見《み》るが、特段変《とくだんか》わった事《こと》はない。もうすぐ正午《しょうご》にもなろうという時分《じぶん》に、七十歳過《ななじっさいす》ぎくらいの、残《のこ》る白髪《しらが》もわずかという頭《あたま》に、簡単《かんたん》な烏帽子《えぼし》を被《かぶ》った、体《からだ》の小《ちい》さい、ひどく腰《こし》が曲《ま》がったおじいさんが、杖《つえ》にすがりながら歩《ある》いてきた。後《うし》ろには尼《あま》がいて、小《ちい》さい黒《くろ》い桶《おけ》に何《なに》やら入《い》れて下《さ》げている。御堂《みどう》にお参《まい》りすると、仏《ほとけ》の御前《ごぜん》に二《に》、三度《さんど》額《ぬか》ずいて、長《なが》い大玉《おおだま》の数珠《じゅず》を押《お》しもみ、尼《あま》は「お寺《てら》さんをお呼《よ》びしよう」と言《い》って座《ざ》を外《はず》した。しばらくすると六十歳《ろくじっさい》くらいの僧《そう》が出《で》て来《き》て用向《ようむ》きを聞《き》く。翁《おきな》が「命《いのち》も今日明日《きょうあす》という年齢《ねんれい》になったので、この白髪《しらが》を少《すこ》し剃《そ》って、仏弟子《ぶつでし》になりたいと思《おも》います」と言《い》うと、僧《そう》は「大変尊《たいへんとうと》い事《こと》です。それでは早速《さっそく》」と言《い》い、小桶《こおけ》に入《はい》っていたのは湯《ゆ》で、それで頭《あたま》を洗《あら》い、剃《そ》って、仏弟子《ぶつでし》の守《まも》るべき戒律《かいりつ》を授《さず》け、もう一度《いちど》仏《ほとけ》を拝《おが》んで、去《さ》って行《い》った。これ以外《いがい》の事《こと》は何《なに》も起《お》きなかった。

すると、この翁《おきな》が法師《ほうし》になるのを喜《よろこ》んで、神々《かみがみ》が集《あつ》まられ、新仏《にいぼとけ》の出現《しゅつげん》とおっしゃっていたのだろう。出家《しゅつけ》するには、分相応《ぶんそうおう》の功徳《くどく》があるという事《こと》は、昔《むかし》から言《い》われているが、まして若《わか》く盛《さか》りの人《ひと》が、仏道心《ぶつどうしん》を起《お》こして出家《しゅつけ》した際《さい》の功徳《くどく》の大《おお》きさは、この翁《おきな》の出家劇《しゅつけげき》からも推《お》しはかられるところだ。

✽道祖神は一話「道命阿闍梨《どうみょうあじゃり》が和泉式部《いずみしきぶ》のもとで読経《どきょう》し、五条《ごじょう》の道祖神《どうそじん》が聴聞《ちょうもん》した話」に登場したが、例えば『今昔物語集《こんじゃくものがたりしゅう》』に、ある僧が、熊野詣《くまのもうで》の帰り、大きな樹木の根方で休むと、真夜中に馬に乗った人が二、三十騎ほどやって来て、「樹の下の翁《おきな》はいるか」と道祖神を呼び出す説話があり、本話と状況が似ている。また、祠《ほこら》の中で不思議なやりとりを見聞きするのは、三話「鬼にこぶを取られた話」と同じである。『宇治拾遺物語』には、人々の信仰心がはぐらかされるような説話も多いが、このような、無名の人のささやかな信仰心を神仏が見逃さない、という純粋な宗教説話も収められている。神仏のやりとりを聞き、この不思議を見届けた修行者はまた、その経験自体の意味を、修行の旅の中で反芻《はんすう》したことだろう。

◈一四七話「きこりが隠題《かくしだい》の歌《うた》を詠《よ》んだ話《はなし》」

今《いま》は昔《むかし》、隠題《かくしだい》を大変《たいへん》おもしろがりなさる御《み》門《かど》が、篳篥《ひちりき》をお詠《よ》ませになったが、人々《ひとびと》がうまく詠《よ》めないでいた。木樵《きこり》をしている童《わらわ》が、早朝《そうちょう》、山《やま》へ行《い》く道々《みちみち》、「このごろ、御門《みかど》が篳篥《ひちりき》をお詠《よ》ませになっているとのことだが、人々《ひとびと》がどうしてもお詠《よ》みになれないということだ。私《わたし》は詠《よ》むことができた」と言《い》ったので、一緒《いっしょ》にいく童部《わらわべ》が、「ああ、畏《おそ》れ多《おお》い。そんな事《こと》を言《い》うものではない。分不相応《ぶんふそうおう》だ。どうかと思《おも》うよ」と言《い》ったので、童《わらわ》は「どうして、和歌《わか》は立場《たちば》によるものか」と言《い》って、

めぐりくる春々《はるはる》ごとにさくら花《ばな》いくたびちりき人《ひと》に問《と》はばや

（春《はる》が巡《めぐ》り来《く》るたびごとに、桜《さくら》の花《はな》が何度《なんど》散《ち》ったか、人《ひと》に聞《き》いてみたいことだ）

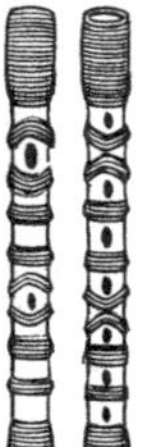

篳篥

と詠《よ》んだ。たしかに立場《たちば》にも似《に》ぬ、思《おも》いがけない秀作《しゅうさく》だ。

❖今《いま》は昔《むかし》、隠題《かくしだい》をいみじく興《きょう》ぜさせ給《たま》ひける御門《みかど》の、篳篥《ひちりき》を詠《よ》ませられけるに、人々《ひとびと》わろく詠《よ》みたりけるに、木《き》こる童《わらは》の、暁《あかつき》、山《やま》へ行《ゆ》くとて言《い》ひける、「このごろ、篳篥《ひちりき》を詠《よ》ませさせ給《たま》ふなるを、人《ひと》のえ詠《よ》み給《たま》はざんなる。童《わらは》こそ詠《よ》みたれ」と言《い》ひければ、具《ぐ》して行《ゆ》く童部《わらはべ》、「あな、おほけな。かかる事《こと》な言《い》ひそ。様《さま》にも似《に》ず。いまいまし」と言《い》ひければ、「などか、必《かなら》ず様《さま》に似《に》る事《こと》か」とて、

めぐりくる春々《はるはる》ごとにさくら花《ばな》いくたびちりき人《ひと》に問《と》はばや

と言《い》ひたりける。様《さま》にも似《に》ず、思《おも》ひかけずぞ。

✻一見しただけでは分からないように、事物の名を和歌に詠みこむことを「隠題《かくしだい》」と言い、そういう和歌を「物名《もののな》の歌」と言う。一首全体の意味はあまり問題にされず、また、音の清濁は区別しない。『古今和歌集《こきんわかしゅう》』巻十・物名から一例を挙げると、四五四番の紀乳母《きのめのと》の歌、題は「笹　松　枇杷《びは（わ）》　芭蕉葉《ばせをば（しょう）》」、いずれも植物の名だが、どこに隠れているだろう。

いささめに時待《ときま》つ間にぞ日《ひ》は経《へ》ぬる心ばせをば人に見えつつ

「いささめ」に「笹」が隠れている。「時待つ間」には「松」。「日は」に濁点をつけて「枇杷」。「心ばせをば」に「芭蕉葉」、芭蕉の葉っぱ。実に見事なお手並みである。思わぬ伏兵に和歌で一本取られる、という話題は、痛快でもあり、また和歌の上手《うま》い人々にとっては一つの戒めともなりえたと見えて、いろいろな説話が残っているが、これもその一つ。「思わぬ伏兵」というのは、その人の身分、時には性別や年齢、生い育った地域、専門家かどうか、といった基準に照らして「意外な存在」と整理できそうである。本話の童《わらわ》は、身分が低く、町中《まちなか》に住まず、日ごろの仕事は和歌と無縁、という点で、複数の要件を満たしている。なお、本話の「童《わらわ》」は、いわゆる子どもの意味ではなく、烏帽子《えぼし》を被《かぶ》るなど、成人男性としての姿形をしていない人のこと。大人の「童」として特に有名なのは「牛飼童《うしかいわらわ》」たちで、絵巻などを見ると、既に髪が薄くなっている年齢の者もいる。

★コラム④　大力《おおぢから》の伏兵

三一話「成村《なりむら》、強力《ごうりき》の学士に逢《あ》ふ事」では、相撲節《すまいのせち》に参加する真髪《まかみの》成村ら相撲《すまい》たちが、当日を待つ間、宿舎近くの大学寮の学生《がくしょう》たちと小競《こぜ》り合いになったが、一人の学生が、仲間の相撲を細枝でも持つようにぶら下げて放り投げるのを見て、成村は役所の塀を越えて逃げようとする。わずかにかかとが残ったのを、学生がつかまえると、靴のかかとに足の皮をつけてちぎり取られてしまった。この話を聞いた相撲節の実行責任者である大将《だいしょう》が、相撲節に出場させたいと随分捜したが、とうとうその学生は名乗り出なかった。一六六話「大井光遠《おおいのみつとお》の妹、強力《ごうりき》の事」では、追い詰められた盗人が、相撲として名高い大井光遠の邸《やしき》の、なよなよとした女性を人質にとって小屋に立てこもるが、その女性が、空いた手で、武士でも到底折ることのできない矢の軸を、指先で簡単に折っているのを見て恐ろしくなり、小屋を飛び出して捕まり、あの女性は光遠の妹で、光遠が恐れをなすほどの大力《おおぢから》であることを光遠から興奮気味に聞かされ、生きた心地がしないまま釈放されている。

◈一五七話「ある公卿《くぎょう》が中将時代《ちゅうじょうじだい》に誘拐《ゆうかい》された話《はなし》」

今《いま》は昔《むかし》、ある公卿《くぎょう》が、まだ中将《ちゅうじょう》でいらした当時《とうじ》、参内《さんだい》なさる途中《とちゅう》、法師《ほうし》を捕《とら》えて連《つ》れて行《い》くのを見《み》て、「これはどういう法師《ほうし》か」とお尋《たず》ねになったので、「長年使《ながねんつか》われていました先《さき》の主人《しゅじん》を殺《ころ》した者《もの》です」と言《い》うので、「とても重《おも》い罪《つみ》を犯《おか》した者《もの》だ。ひどい事《こと》をしでかしたものだ」と何気《なにげ》なく口《くち》にしながらお通《とお》りになったところ、この法師《ほうし》は、赤《あか》く、とてもよくない目《め》つきで睨《にら》み上げたので、中将《ちゅうじょう》は「つまらない事《こと》を言《い》ってしまった」と気《き》味悪《みわる》く思《おも》われながら通《とお》って行《い》かれた。さて、また別《べつ》の男《おとこ》を捕《と》らえて行《い》くのを、中将《ちゅうじょう》は「これは何《なに》をした者《もの》か」と、性懲《しょうこ》りも無《な》く尋《たず》ねたところ、「人《ひと》の家《いえ》に追《お》い込《こ》められておりました。当《とう》の男《おとこ》は逃《に》げてしまいましたので、この者《もの》を捕《とら》えて参《まい》りました」と言《い》うので、「特《とく》に何《なに》か悪《わる》い事《こと》をしたわけではないだろう」ということで、その捕《とら》えた人《ひと》と知《し》り合《あ》いだったので、中将《ちゅうじょう》が頼《たの》んで、釈放《しやくほう》しておやりになった。

❖今《いま》は昔《むかし》、上達部《かんだちめ》のまだ中将《ちゆうじやう》と申《まう》しける、内《うち》へ参《まゐ》り給《たま》ふ道《みち》に、法師《ほふし》を捕《とら》へて率《ゐ》て行《ゆ》きけるを、「こは、何法師《なにほふし》ぞ」と問《と》はせければ、「年《とし》ごろ使《つか》はれて候《さうら》ふ主《あるじ》を殺して候《さうら》ふ者《もの》なり」と言《い》ひければ、「まことに罪重《つみおも》きわざしたる者《もの》にこそ。心憂《こころう》きわざしける者《もの》かな」と、何《なに》となくうち言《い》ひて過《す》ぎ給《たま》ひけるに、この法師《ほふし》、赤《あか》き眼《まなこ》なる目《め》のゆゆしくあしげなるして、にらみ上《あ》げたりければ、「よしなき事《こと》をも言《い》ひてけるかな」と、けうとくおぼして過《す》ぎ給《たま》ひけるに、また、男《をとこ》を搦《から》めて行《ゆ》きけるを、「こは何事《なにごと》したる者《もの》ぞ」と、こりずまに問《と》ひければ、「人《ひと》の家《いへ》に追《お》ひ入《い》れられて候《さうら》ひつる男《をとこ》は逃《に》げてまかりぬれば、これを捕《とら》へてまかるなり」と言《い》ひければ、「別《べち》の事《こと》もなき者《もの》にこそ」とて、その捕《とら》へたる人《ひと》を見知《みし》りたれば、乞《こ》ひ許《ゆる》してやり給《たま》ふ。

この一件《いつけん》からほどなく、大赦《たいしや》（特別《とくべつ》な恩赦《おんしや》で、重罪犯《じゆうざいはん》が許《ゆる》される）があり、この法《ほう》師《し》も釈放《しやくほう》された。ある月《つき》の明《あか》るい晩《ばん》、この中将《ちゆうじよう》は月《つき》を愛《め》でて、一人母屋《ひとりおもや》に残《のこ》っていらしたところ、何《なに》かが築地塀《ついじべい》を越《こ》えて下《お》りて来《き》たな、と思《おも》うや否《いな》や、後《うし》ろからすくい上《あ》げられ、飛《と》ぶようにして邸《やしき》から連《つ》れ出《だ》された。

中将《ちゅうじょう》はおろおろと、何《なに》が起《お》きたのかわからぬまま、怖《おそ》ろしい様子《ようす》の者《もの》たちが集《あつ》まって来《き》て、遥《はる》かな山《やま》の、険《けわ》しく怖《おそ》ろしいところに中将《ちゅうじょう》を連《つ》れて行《い》き、柴《しば》を編《あ》んだような木製《もくせい》のものを、高《たか》く作《つく》ったところに中将《ちゅうじょう》を置《お》き、「こざかしい事《こと》をする奴《やつ》はこうしてやる。小《ちい》さな事《こと》を、ひどく重《おも》い罪《つみ》だと騒《さわ》ぎ立《た》て、つらい目《め》を見《み》せたので、そのお返《かえ》しに、炙《あぶ》り殺《ころ》してやる」と言《い》って、火《ひ》を山《やま》のように焚《た》いたので、中将《ちゅうじょう》は夢《ゆめ》でも見《み》ているような気分《きぶん》で、若《わか》く、まだ弱々《よわよわ》しいところのある頃《ころ》でもあり、どうしてよいか全《まった》くおわかりにならない。どんどん火《ひ》で熱《あつ》くなるばかりで、すぐに死《し》んでしまうように思《おも》われたところへ、山《やま》の上《うえ》から、すごく大《おお》きな音《おと》のする鏑矢《かぶらや》を射《い》てよこしたので、火《ひ》の周《まわ》りにいた連中《れんちゅう》は「これはどうしたこと」と騒《さわ》ぎはじめ、山《やま》の上《うえ》から雨《あめ》が降《ふ》るように矢《や》を射続《いつづ》けたので、火《ひ》の周《まわ》りの連中《れんちゅう》もしばらくは射返《いかえ》していたが、あちらには人数《にんずう》が多《おお》く、とても応戦《おうせん》できる状態《じょうたい》でなかったのか、火《ひ》がどうなるかも見届《みとど》けることなく、矢《や》に追《お》い立《た》てられて逃《に》げ散《ち》って行《い》った。

❖あきれ惑《まど》ひて、いかにもおぼしわかぬほどに、恐《おそ》ろしげなる物来《ものき》つどひて、遥《はる》かなる山《やま》の、険《けは》しく恐《おそ》ろしき所《ところ》へ率《ゐ》て行《ゆ》きて、柴《しば》の編《あ》みたるやうなる物《もの》を、高《たか》く造《つく》りたるにさし置《お》きて、「さかしらする人《ひと》をばかくぞする。やすき事《こと》は、ひとへに罪《つみ》重《おも》く言《い》ひなして、悲《かな》しき目見《めみ》せしかば、その答《たふ》にあぶり殺《ころ》さんずるぞ」とて、火《ひ》を山《やま》のごとく焼《た》きければ、夢《ゆめ》などを見《み》る心地《ここち》して、若《わか》くきびはなるほどにてはあり、物覚《ものおぼ》え給《たま》はず、熱《あつ》さはただ熱《あつ》になりて、ただ片時《かたとき》に死《し》ぬべく覚《おぼ》え給《たま》ひけるに、山《やま》の上《うへ》より、ゆゆしき鏑矢《かぶらや》を射《い》おこせければ、ある者《もの》ども、「こはいかに」と騒《さわ》ぎけるほどに、雨《あめ》の降《ふ》るやうに射《い》ければ、これら、しばしは此方《こなた》よりも射《い》けれど、あなたには人《ひと》の数多《かずおほ》く、え射合《いあ》ふべくもなかりけるにや、火《ひ》の行方《ゆくへ》も知《し》らず、射散《いち》らされて逃《に》げて去《い》にけり。

その時《とき》、一人《ひとり》の男《おとこ》が出《で》て来《き》て「どんなに怖《おそ》ろしく思《おも》われたでしょう。私《わたし》は、何月何日《なんがつなんにち》に捕縛《ほばく》されていたところを、あなた様《さま》のおかげで釈放《しゃくほう》され、この御恩《ごおん》に報《むく》い申《もう》し上《あ》げたいと思《おも》っておりましたが、この法師《ほうし》が、日々《ひび》、あなた様《さま》の様子《ようす》をうかがい申《もう》し上《あ》げているのを知《し》り、お知《し》らせ申《もう》し上《あ》げたい、と思《おも》いながら、私《わたし》がこうして目《め》を光《ひか》らせているのだから大丈夫《だいじょうぶ》だと思《おも》っておりましたが、ついちょっと、場《ば》を離《はな》れました隙《すき》に、今回《こんかい》のような事《こと》をしでかし、連中《れんちゅう》があなた様《さま》を連《つ》れて築地《ついじ》を越《こ》えて出《で》て行《い》ったのと出《で》くわしましたが、そこで取《と》り押《お》さえようとして、あなた様《さま》にお怪我《けが》でもあってはと思《おも》い、ここで矢《や》で追《お》い払《はら》い、奪還申《だっかんもう》し上《あ》げたのです」と言《い》って、そこから馬《うま》にお乗《の》せして、たしかに元《もと》の邸《やしき》に送《おく》り届《とど》け申《もう》したのだった。お帰《かえ》りになった頃《ころ》には、夜《よ》が白《しら》み始《はじ》めていた。大人《おとな》の年齢《ねんれい》におなりになってから「こんな目《め》にあったことがある」と人《ひと》にお話《はな》しになったのだった。四条大納言《しじょうだいなごん》のことだと申《もう》し上《あ》げるのは、本当《ほんとう》の事《こと》なのだろうか。

✽仕えている主人を殺すことは、謀叛《むほん》から親に対する不孝まで、当時最も重いと考えられていた、社会の秩序を根幹から揺るがす八つの罪、「八虐《はちぎやく》」の一つだった。釈放された方の男は、別の捕り物があった時に、犯人が逃亡、近くにいて身柄を拘束され、関係者かも知れないということで連れて来られたのだった。中将は、一人目の目つきの悪い男ににらみつけられたところで懲りることなく、もう一人についても尋ね、そちらは釈放してやるわけだが、これが後々意味を持って来る。

あぶり殺されそうになった若い中将が、まだ弱々しくてなすすべもなかった、というのは、犯人グループと交渉するといった選択肢が浮かばなかったことを指すだろう。ところで、本話には、武力にものを言わせて世の中を渡っていた人々の生態がいろいろと描かれている。自分に対して不都合な事《こと》をした人間を許すことなくすぐさま報復しようというのは、例えば、『古今著聞集《ここんちよもんじゆう》』の鬼同丸《おにどうまる》の説話が有名。一方、長い時間チャンスをうかがって恩に報いようとする様子は、押し入った先で見逃してもらった盗人が、何年も経ってから、国司の任を終えて帰京するこの恩人を、拉致《らち》するようにして自分たちの根城《ねじろ》に連れて来て、歓待した上、たくさんの土産物を持たせて京に上らせた説話（『今昔物語集《こんじやくものがたりしゆう》』）などに活写されている。

歴史上有名な「四条大納言」というと、二人の候補が考えられる。一人は、『和漢《わかん》朗詠集《ろうえいしゅう》』の編者でもある藤原公任《ふじわらのきんとう》（九六六〜一〇四一）。一条《いちじょう》天皇時代を代表する文化人だったが、思ったことをぽろっと口にする人だった（『大鏡《おおかがみ》』）。本話の四条大納言が、余計な一言を口にしたばかりに逆恨みされる、という状況とよく重なる。もう一人の候補は藤原隆房《ふじわらのたかふさ》（一一四八〜一二〇九）。高倉《たかくら》天皇に召された恋人小督《こごう》との悲恋を描いた『隆房集《たかふさしゅう》』の作者として知られ、『宇治拾遺物語』成立に大変近い時代の人物で、後に検非違使《けびいし》別当（警察庁長官）になった。『古今著聞集』には、検非違使別当である隆房の邸内に、美しい女盗賊が女房として勤めていたという、ショッキングな記事が見られる。このように、新旧いずれの四条大納言であっても、人柄や経歴が、本話の内容によくなじむと思われる。読者は「四条大納言」の呼称から、こうしたエピソードを思い出しながら、本話を読んだことだろう。

◆一六四話「亀《かめ》を買《か》って解《と》き放《はな》った話《はなし》」

昔《むかし》、天竺《てんじく》（インド）のある人《ひと》が、宝《たから》を買《か》うために、子《こ》に銭五十貫《ぜにごじっかん》を持《も》たせた。大《おお》きな川《かわ》のほとりを行《い》くと、舟《ふね》に乗《の》った人《ひと》がいた。舟《ふね》の方《ほう》を見《み》ると、舟《ふね》から亀《かめ》が首《くび》を出《だ》しているのが見《み》えた。銭《ぜに》を持《も》った人《ひと》が「この亀《かめ》をどうするのだ」と聞《き》くと、舟《ふね》の人《ひと》は「殺《ころ》して加工《かこう》する」と言《い》う。「この亀《かめ》を買《か》いたい」と言《い》うが、舟《ふね》の人《ひと》は「とても大切《たいせつ》な目的《もくてき》があって手《て》に入《い》れた亀《かめ》だから、大金《たいきん》であっても売《う》れない」と言《い》う。それでも無理《むり》に、手《て》をすって頼《たの》み込《こ》んで、銭五十貫全《ぜにごじっかんすべ》てで亀《かめ》を買《か》い取《と》り、川《かわ》に放《はな》してやった。

この子《こ》は、心《こころ》の中《なか》で「親《おや》が宝《たから》を買《か》うために隣《となり》の国《くに》まで自分《じぶん》に持《も》たせた銭《ぜに》全《すべ》てを、ただ亀《かめ》と交換《こうかん》しただけで使《つか》ってしまったので、親《おや》はどんなにお怒《いか》りになるだろう。そうかといって、親《おや》のところに帰《かえ》らないわけにもいかない」と帰路《きろ》につくと、途中《とちゅう》、向《む》こうから来《き》た人《ひと》に「あなたに亀《かめ》を売《う》った人《ひと》が、この下《した》の渡《わた》しのあたりで、舟《ふね》が転覆《てんぷく》して死《し》んでしまった」と言《い》われた。

親《おや》の家《いえ》に帰《かえ》り着《つ》いて、「あの銭《ぜに》は全《すべ》て亀《かめ》に換《か》えました」と言《い》おうとしたところ、先《さき》に親《おや》が「どうしてあの銭《ぜに》を返《かえ》してよこしたのだ」と言《い》うので、子《こ》は「そんな事《こと》はしていません。あの銭《ぜに》で、これこれの経緯《けいい》で亀《かめ》を買《か》い、川《かわ》に放《はな》してやったので、それを申《もう》し上《あ》げようと帰《かえ》って来《き》たのです」と言《い》うと、親《おや》は「黒《くろ》い着物《きもの》を着《き》た、似《に》た感《かん》じの人五人《ひとごにん》が、一人《ひとり》十貫《じっかん》ずつの銭《ぜに》を持《も》って届《とど》けて来《き》たのだ。これが、それだ」と見《み》せた銭《ぜに》は、いまだ濡《ぬ》れていた。実《じつ》は、買《か》って放《はな》してやった亀《かめ》が、あの銭《ぜに》が川《かわ》に沈《しず》んでゆくのを見《み》て、取《と》って、親《おや》の家《いえ》に、子《こ》の帰《かえ》らない前《まえ》に届《とど》けたのだった。

❖心《こころ》に思《おも》ふやう、親《おや》の、宝買《たからか》ひに隣《となり》の国《くに》へやりつる銭《ぜに》を、亀《かめ》に換《か》へてやみぬれば、親《おや》、いかに腹立《はらだ》ち給《たま》はんずらむ。さりとてまた、親《おや》のもとへ行《ゆ》かであるべきにあらねば、親《おや》のもとへ帰《かへ》り行《ゆ》くに、道《みち》に人会《ひとあ》ひて言《い》ふやう、「ここに亀売《かめう》りつる人《ひと》は、この下《しも》の渡《わた》しにて、舟《ふね》うち返《かへ》して死《し》にぬ」となん語《かた》るを聞《き》きて、親《おや》の家《いへ》に帰《かへ》り行《ゆ》きて、銭《ぜに》は亀《かめ》に換《か》へつるよし語《かた》らんと思《おも》ふほどに、親《おや》の言《い》ふやう、「何《なに》とて、この銭《ぜに》をば返《かへ》しおこせたるぞ」と問《と》へば、子《こ》の言《い》ふ、「さる事《こと》なし。その銭《ぜに》にては、しかしか亀《かめ》に換《か》へてゆるしつれば、そのよしを申《まう》さんとて参《まゐ》りつるなり」と言《い》へば、親《おや》の言《い》ふやう、「黒《くろ》き衣着《ころもき》たる人《ひと》、同《おな》じやうなるが五人《ごにん》、おのおの十貫《じつくわん》づつ持《も》ちて来《き》たりつる。これ、そなり」とて見《み》せければ、この銭《ぜに》、いまだ濡《ぬ》れながらあり。はや、買《か》ひて放《はな》しつる亀《かめ》の、その銭《ぜに》、川《かは》に落《お》ち入《い》るを見《み》て、取《と》り持《も》ち、親《おや》のもとに、子《こ》の帰《かへ》らぬ先《さき》にやりけるなり。

✻ 藤原山蔭《ふじわらのやまかげ》という人が、舟の事故に見せかけて、わが子を後妻に殺されそうになる有名な事件があったが、海に突き落とされた幼いこの子が助かったのも、かつて山蔭が住吉詣《すみよしもうで》の途中、鵜飼《うかい》の舟から、大きな亀が一匹顔を出し、こちらを見たので、とてもかわいそうになり、着物と引換にこの亀を海に放してやったことへの、亀の恩返しによるものだった（『今昔物語集《こんじやくものがたりしゆう》』）。

　さて、『今昔物語集』や『打聞集《うちぎきしゆう》』にある同文的同話でも、亀を売っていた男の舟の転覆について、罰があたったとか、亀の報復だといった記述はなされていない。また、『今昔物語集』では、子の行動を「この上ない親孝行だ」と言っていることに特徴がある。六五二年に唐《とう》で編まれた仏教説話集『冥報記《めいほうき》』の類話の場合、主人公、中国揚州《ようしゅう》の厳恭《げんきょう》は、もとは泉州《せんしゅう》の人で、豊かな両親に頼んで商いのために揚州に行く途中、殺されそうな五十匹の亀を見て銭五万全てで買い、放流する。同じ日、厳恭の実家に黒い衣の五十人の客が来て、「息子さんからだ」と銭五万を渡した。それから一ヶ月ほどして、厳恭が帰って来て、父母は、客の様子とその日付を言い、それが亀を買った日であったことに気付く。そして、五十人の客は、あの買った五十匹の亀だと分かり、親子は驚嘆して共に揚州に行き、寺を作り、『法華経《ほけきょう》』書写の専門道場にした。そして遂《つい》には、揚州に引っ越した。この地でも家は富み栄えたので、道場を拡大した。揚州の人たちは、皆道場を尊敬して「厳法花《げんほっけ》」と呼んだ。

『冥報記』でも、亀の持ち主の舟の転覆が亀の報復、あるいは罰があたったというようなことは語られず、これらの状況から見て、舟の転覆は、銭が川中に沈むために必要な過程で、それを見た亀が、銭を持って、恩人のところに返しに行こうとしたのだととらえるのがよさそうだ。なお、『宇治拾遺物語』『今昔物語集』『打聞集』で、亀の持ち主の舟の転覆を子に知らせた人物は、変身した亀であった可能性が高い。親子が後に、その間の経緯を想像しやすいように、子に舟の転覆を知らせたのである。そうであればなおのこと、この時、亀が子に銭を渡さず、わざわざ実家の親を訪ねたのには意味があると考えられる。

『冥報記』の場合、他と最も大きく違うのは、亀報恩譚《ほうおんたん》がその後のいろいろな出来事の発端として記されているということである。小さな動物でもこんな奇跡を起こして恩人に報いようとするのだ、ということ自体への感銘、あるいは、人知れぬ善行であっても、神仏とか天とか呼びうるような超越的なものが見ているのだ、ということを親子は悟り、仏に謝する気持ちを表そうと寺を建て、写経を助けた。彼等は、亀の奇跡を、何かからのメッセージだと受け取ったのである。実際、その解釈は当を得たものだったらしく、その後も厳恭の回りに、いろいろな不思議が起こるが、それらは、彼の行っている写経活動の助けになること、あるいは神仏がそれを応援していることを、厳恭に伝える性質を持つできごとばかりであった。

奇跡的な体験は、誰もかれもができるわけではない。個性的な大学者小野篁《おののたかむら》は、お世話になった藤原高藤《ふじわらのたかふじ》へのお礼に、ある晩、朱雀門《すざくもん》の前で鬼たちのパレード、百鬼夜行《ひゃっきやぎょう》を見せてやったという（『江談抄《ごうだんしょう》』）。見せてもらった高藤は、ありがたいと思ったかどうか、よく分からないが、篁の気持ちとしては、普通の人ならまず経験できないことを経験させてあげることが、何よりの贈物になる、と考えているわけである。

亀が変身したと思《おぼ》しき人々に会ったのは親であって、子ではない。こうした特別な経験を親がすることになったきっかけは、普通なら無分別に思われる、子どもの情け深い行動だったわけである。子が親に特別な経験をプレゼントしたという点に注目すると、『今昔物語集』がこの説話に親孝行の要素を見出《みいだ》したのは、あながち理由のないことではないと考えられる。

★コラム⑤　遠回りの意味

亀が恩人本人ではなく、その親のところに銭を届けたことの意味について考えてみたい。ここで参考になるのが、『今昔物語集』の二つの説話である。

河内《かわち》の国若江《くにわかえ》郡遊宜《ぐんゆげ》の村というところの尼が熱心に信心していたが、大切にしていた仏の絵像を盗人に盗まれてしまう。尼は嘆き悲しみ、八方手を尽くして探したが、出て来なかった。尼はまた、喜捨《きしゃ》を募り、放生《ほうじょう》を行おうと、摂津《せっつ》の国難波《くになにわ》のあたりに行き、放生にふさわしい生き物がないかと探していると、市場のそばの樹木の上に置かれた箱の中から、いろいろな生き物の声がした。「あの箱の中の動物を放生しよう」と思い、戻って来た箱の持ち主に、「これこれの理由で、中の動物を買い取らせてほしい」と言うが、持ち主はなぜか「中身は生き物ではない」と断る。尼と持ち主が押し問答をしていると、市場の人たちがそれを聞きつけて集まって来て「箱を開けて白黒をつけろ」と持ち主につめより始めた。持ち主は、ちょっと場を外すふりをして、逃げてしまった。皆が残された箱を開けてみると、何とその中には、かつて尼が盗まれた絵像の仏が入っていた。尼は涙を流して感激し、その間の事情を人々に語った。人々は感嘆し、尼は無事放生を行い、仏を元の寺に安置した。この説話で奇跡を起こすのは絵像の仏で、亀の場合よりも、なしうる奇跡は大きいことだろう。だから、自力で寺に戻ろうとすれば、直接寺に帰れそうなものを、この仏は、放生に行く先の難波《なにわ》の津で、尼とめぐり合うように仕組むのである。

もう一つの説話はこうである。殺生の罪を犯していた源雅通《みなもとのまさみち》が、人知れぬ信心のおかげで極楽往生を遂げたことが、師の僧に夢で伝えられた。ひねくれ者の藤原道雅《ふじわらのみちまさ》という人物は、師の僧の作り話だと言い放った。ところが、たまたま道雅が六波羅蜜寺《ろくはらみつじ》の法会に出向くと、牛車の前に老尼二、三人がいて「ろくな善根を作っていない我が身の将来を嘆いていたら、昨晩、『嘆くことはない。源雅通朝臣《あそん》も罪を犯していたのに、ただ正直で『法華経』を読誦《どくじゅ》していたために極楽に往生したのだ』と尊い老僧に言われる夢を見た」と語るのを聞いた。道雅は「たまたま居合わせた、見ず知らずの人の夢にまで、仏の世界からお告げがあるのだから、雅通の往生は疑いない」と信じた。

　この二つの説話から分かるように、大切なことは、まま遠回りしてもたらされるのである。亀がもし、恩人である子どもに直接銭を返したら、後々それが助けた亀のしわざと分かって人に語っても、確かめる術はない。しかし、亀は何も知らない親のところに行き、帰って来た息子と語り合わせることで、初めて真相が明らかになる。こうすることによって、この出来事が、まぎれもない事実であることが、親にも子にも実感されるのである。

　このように見てくると、亀報恩譚の親子にもたらされたものは、一旦《いったん》は失ったたくさんの銭だけではなく、こうした奇跡が、本当に自分たちの身に起こったという、事実の重さそのものだったと知られるのである。

◆一六五話「夢《ゆめ》を買《か》った人《ひと》の話《はなし》」

昔《むかし》、備中《びっちゅう》の国《くに》（現岡山県《げんおかやまけん》）に郡司《ぐんじ》がいて、ひきのまき人《びと》という子《こ》がいた。若《わか》いころ、夢《ゆめ》を見《み》て、夢解《ゆめと》きの家《いえ》を訪《たず》ね、夢合《ゆめあ》わせの後《あと》、夢解《ゆめと》きの女《おんな》と話《はな》していると、備中《びっちゅう》の守《かみ》の若君一行《わかぎみいっこう》がやって来《き》た。若君《わかぎみ》は十七《じゅうしち》、八歳《はっさい》で、人柄《ひとがら》は分《わ》からないが、容貌《ようぼう》は美《うつく》しかった。まき人《びと》は一行《いっこう》の隣《となり》の部屋《へや》に行《い》き、穴《あな》から様子《ようす》をのぞいた。若君《わかぎみ》が「これこれの夢《ゆめ》を見《み》た」と言《い》うと、夢解《ゆめと》きの女《おんな》は「すばらしい夢《ゆめ》です。必《かなら》ず大臣《だいじん》にまで累進《るいしん》なさいます。決《けっ》して決《けっ》して人《ひと》に語《かた》ってはなりません」と言《い》うので、若君《わかぎみ》はうれしそうに、着《き》ていた着物《きもの》を脱《ぬ》いで女《おんな》に与《あた》え、出《で》て行《い》った。

その時《とき》まき人《びと》は、部屋《へや》から出《で》て来《き》て夢解《ゆめと》きの女《おんな》に向《む》かい、「夢《ゆめ》は取《と》るということがあると聞《き》いている。若君《わかぎみ》の夢《ゆめ》を自分《じぶん》に取《と》らせて下《くだ》さい。国守《こくしゅ》は四年《よねん》で都《みやこ》に帰《かえ》ってしまうが、自分《じぶん》は、土地《とち》の者《もの》だから縁《えん》はずっと続《つづ》く上《うえ》、在地《ざいち》の有力者《ゆうりょくしゃ》である郡司《ぐんじ》の子《こ》なのだから、私《わたし》への義理《ぎり》を優先《ゆうせん》せよ」と言《い》う

と、

❖その折《をり》、まき人《びと》、部屋《へや》より出《い》でて、女《をんな》に言《い》ふやう、「夢《ゆめ》は取《と》るといふことのあるなり。この君《きみ》の御夢《おんゆめ》、我《われ》に取《と》らせ給《たま》へ。国《くに》の守《かみ》は四年《よとせ》過ぎぬれば帰《かへ》り上《のぼ》りぬ。我《われ》は国人《くにひと》なれば、いつも長《なが》らへてあらんずる上《うへ》に、郡司《ぐんじ》の子《こ》にてあれば、我《われ》をこそ大事《だいじ》に思《おも》はめ」と言《い》へば、

夢解《ゆめと》きの女《おんな》は「分《わ》かりました。では、あの若君《わかぎみ》と同《おな》じように部屋《へや》に入《はい》り、夢《ゆめ》の内容《ないよう》を、先《さき》ほどと全《まった》く同《おな》じに語《かた》りなさいませ」と言《い》うので、まき人《びと》は、全《まった》く同《おな》じように夢《ゆめ》語《がた》りをし、女《おんな》も先《さき》ほどと同《おな》じように応対《おうたい》した。まき人《びと》はとても喜《よろこ》んで、着《き》ていた着物《きもの》を女《おんな》に与《あた》え、出《で》て行《い》った。その後《ご》、まき人《びと》は学問《がくもん》をするとどんどん学識《がくしき》がつき、評判《ひょうばん》が朝廷《ちょうてい》に聞《き》こえ、試験《しけん》で実力《じつりょく》を発揮《はっき》し、唐《もろこし》に留学生《りゅうがくせい》として派遣《はけん》され、様々《さまざま》の文物《ぶんぶつ》を持《も》ち帰《かえ》り、天皇《てんのう》に重用《ちょうよう》されて大臣《だいじん》にまでなった。

このように、夢《ゆめ》を取《と》るというのは、大変《たいへん》な効果《こうか》がある。あの夢《ゆめ》を取《と》られた若君《わかぎみ》は、結局《けつきょく》、朝廷《ちょうてい》の官位《かんい》もない人《ひと》で終《お》わってしまった。夢《ゆめ》を取《と》られなければ、大臣《だいじん》にまでもなったのだろう。だから、夢《ゆめ》は人《ひと》に聞《き》かせてはならない、と人々《ひとびと》は言《い》い伝《つた》えた。

❖されば、夢取《ゆめと》る事《こと》は実《まこと》にかしこき事《こと》なり。かの夢《ゆめ》とられたりし備中《びっちゅう》の守《かみ》の子《こ》は、司《つかさ》もなき者《もの》にてやみにけり。夢《ゆめ》を取《と》られざらましかば、大臣《だいじん》までもなりなまし。されば、夢《ゆめ》を人《ひと》に聞《き》かすまじきなりと言《い》ひ伝《つた》へたり。

✽「ひきのまき人《びと》」は、経歴から見て、吉備真備《きびのまきび》（六九五〜七七五）のことだと考えられる。真備は地方豪族の出身ながら遣唐使《けんとうし》に選ばれ、孝謙《こうけん》女帝の春宮《とうぐう》時代に学士を務めて重用され、正二位右大臣に至った、いわば立志伝中の人物である。そういう人は、やはり何かが違うのか、こんな出来事がきっかけとなって累進したのだ、という説話が本話で、四話「伴大納言《ばんだいなごん》の話」と似ている。ただし、伴善男《とものよしお》の場合、よくない夢解きをされて、最後には失脚してしまうのだった。

人の夢を横取りして成功した説話としては、『曾我物語《そがものがたり》』に見える北条政子《ほうじょうまさこ》の話も有名だ。腹違いの妹が、高い山に登り、左右の袂《たもと》に月日を収め、橘《たちばな》の三つなった枝をかざした夢を見た、と聞くと、「大変すばらしい夢だ」と直感するが、妹には、「それは返す返すも怖ろしい夢だから、私が買い取ってあげよう」と言って、先祖伝来の唐《から》鏡《かがみ》と唐綾《からあや》の小袖《こそで》を与えて妹から夢をとり、後に天下人 源 頼朝《みなもとのよりとも》の妻になったと伝える。『曾我物語』は政子がしたことを特段咎《とが》める様子がない。本話の場合も、まき人の行動を批判せず、夢を取られた若君の不注意だとして終わっている。

同じように、他人に所属していると思われる価値あるものを取ることで、大成功を収めた人物が一六一話の上緒《あげお》の主《ぬし》である。雨宿りした先の畠《はたけ》の中の家で、金だか銀だかの塊《かたまり》に気付き、それをわずか着物一枚の礼でもらい受け、最後には、後に西宮《にしのみや》殿となる土地を埋め立て造成して、宅地として売却したのだった。まき人、政子、上緒の主の説話は、もともとの持ち主が、自分の持っているものの価値への自覚が足りず、隣にやって来た、見分ける力のある人に、幸運が移動してしまう説話、ととらえることができる。

一方、もとの持ち主もその価値を知りうる状況で、交渉して夢を譲ってもらった昔話がある。「夢買長者」である。一緒に旅をしている二人の人物の、一方が昼寝をすると、蜂が飛んで来て鼻に入り、また飛んで行く。目を覚ますとその人は、あるところの木の下に宝物が埋まっているのを見付けた夢を見た、と語る。起きていた方の人物が、その夢を買い取り、一人でその場所に行くと、実際に宝物があり、長者になる、という型の話である（関敬吾）。

まき人、北条政子、上緒の主、夢買長者は、価値あるものや情報を持っている人に出くわす。そしてその価値を直感し、迷わず獲得に動く。夢買長者の場合、寝ている本人は、蜂が鼻を出入りしていることは知らないので、特別な夢だという徴候を感じられない。すると、夢買長者譚《たん》で意外に大切なのは、夢見ている本人には見えない「蜂の出入り」だということになり、この宝物の夢が特別なものだと解ける鍵《かぎ》は、夢見た方でない人物にだけ示されていたことになる。すなわち、隣にいた後の長者こそが、夢の宛先だったのではないかとさえ思われて来る。彼等はストレートに幸運を授かるのではなく、幸運の隣に座る運命にあり、そのチャンスを見事手に入れたのだ。国司の若君と夢解きの家で来合わせる、妹が吉夢を見る、見知らぬ家で雨宿りをする、友人が横で眠る、という時点から、既に彼等の劇的運命は大きく動き始めていたのである。

意外な時点から運命が回り始めていた説話という点では、これらの説話は、三〇話「唐《もろこし》の卒都婆《そとば》に血が付いた話」や八話「易の占ひして金取り出す事」にも共通している。また、一六三話「俊宣《としのぶ》、迷神《まよわしがみ》に会ふ事」の場合、左京属《さきょうのさかん》の、くにの俊宣という男が、三条院《さんじょういん》の八幡《はちまん》行幸につき従ったが、長岡《ながおか》の寺戸《てらど》という所のあたりまで来たところで、周りの面々が「このあたりには人を迷わす迷神がいると言われているぞ」と言いながら通って行くが、この先、同じところをさんざん行ったり来たりして、夕方になってしまった。列の前後を見ると誰もいない。夜も更けてしまったので、板屋の軒先で夜を明かし、翌朝考えてみると、「そもそも自分は平安京《へいあんきょう》の九条《くじょう》通りで列から離れるべきだったのに、ここまで来てしまったのだ。既に九条を過ぎたあたりから迷神がついていたのだ」と気付いた、という話で、「このあたりには迷神がいると言われているぞ」と言った周囲の人々が、既に迷神の仲間であった可能性が高い。俊宣も、思わぬ時から、「事件」に巻き込まれていたのである。

◆一六九話「念仏僧《ねんぶつそう》が魔往生《まおうじょう》した話《はなし》」

昔《むかし》、美濃《みの》の国《くに》（現岐阜県《げんぎふけん》）の伊吹山《いぶきやま》に、長《なが》く修行《しゅぎょう》している聖《ひじり》がいた。阿《あ》弥陀仏《みだぶつ》の御名《みな》を唱《とな》える事以外《こといがい》に何《なに》も知《し》らず、一心《いっしん》に念仏《ねんぶつ》を唱《とな》えて何年《なんねん》にもなった。ある夜更《よふ》けに、仏《ほとけ》の御前《ごぜん》で念仏《ねんぶつ》を唱《とな》えていると、空《そら》に声《こえ》がして、次《つぎ》のようなお告《つ》げがあった。「お前《まえ》はたいそう熱心《ねっしん》に私《わたし》を頼《たよ》っている。今《いま》は念仏《ねんぶつ》の数《かず》がたくさんになったので、明日《あす》の午後二時頃《ごごにじごろ》、きっときっとここに来《き》てお前《まえ》を迎《むか》える。決《けっ》して念仏《ねんぶつ》を怠《おこた》ってはならないぞ」と言《い》われた。聖《ひじり》はこの上《うえ》なく心《こころ》を込《こ》めて念仏《ねんぶつ》を唱《とな》え、身《み》を清《きよ》め、お香《こう》を焚《た》き、花《はな》を降《ふ》らせ、弟子達《でしたち》にも念仏《ねんぶつ》を一緒《いっしょ》に唱《とな》えさせ、阿弥陀様《あみださま》の浄土《じょうど》のある西方《さいほう》に向《む》かって座《すわ》っていた。次第《しだい》に、きらめくようなものが見《み》えて来《き》た。手《て》をすり、念仏《ねんぶつ》を申《もう》して見《み》ると、仏《ほとけ》のお体《からだ》から金色《きんいろ》の光《ひかり》が発《はっ》せられ、それがこちらに差《さ》し込《こ》んで来《く》る。秋《あき》の月《つき》が雲間《くもま》から現《あらわ》れ出《で》たようだ。

❖昔《むかし》、美濃《みの》の国伊吹山《くにいぶきやま》に、久《ひさ》しく行《おこな》ひける聖《ひじり》ありけり。阿弥陀仏《あみだぶつ》よりほかの事知《ことし》らず、他事《たじ》なく念仏申《ねんぶつまう》してぞ年経《としへ》にける。夜深《よふか》く仏《ほとけ》の御前《ごぜん》に念仏申《ねんぶつまう》してゐたるに、空《そら》に声《こゑ》ありて告《つ》げていはく、「汝《なむぢ》、ねんごろに我《われ》を頼《たの》めり。今《いま》は念仏《ねんぶつ》の数多《かずおほ》く積《つ》もりたれば、明日《あす》の未《ひつじ》の時《とき》に、必《かなら》ず必《かなら》ず来《き》たりて迎《むか》ふべし。ゆめゆめ念仏怠《ねんぶつおこた》るべからず」と言《い》ふ。その声《こゑ》を聞《き》きて、限《かぎ》りなくねんごろに念仏申《ねんぶつまう》して、水《みづ》を浴《あ》み、香《かう》をたき、花《はな》を散《ち》らして、弟子《でし》どもに念仏《ねんぶつ》もろともに申《まう》させて、西《にし》に向《む》かひてゐたり。やうやう、ひらめくやうにする物《もの》あり。手《て》をすり、念仏《ねんぶつ》を申《まう》して見《み》れば、仏《ほとけ》の御身《おんみ》より、金色《こんじき》の光《ひかり》を放《はな》ちて、さし入《い》りたり。秋《あき》の月《つき》の、雲間《くもま》より現《あらは》れ出《い》でたるがごとし。

阿弥陀仏《あみだぶつ》とその眷族《けんぞく》が、極楽往生者《ごくらくおうじようしや》を直々《じきじき》に迎《むか》えに来《き》て下《くだ》さる様子《ようす》を描《えが》いた来迎図《らいごうず》さながら、阿弥陀仏《あみだぶつ》の脇士《わきじ》である観音《かんのん》が差《さ》し出《だ》す蓮台《れんだい》（蓮華《れんげ》の台座《だいざ》）に乗《の》った聖《ひじり》は、西《にし》の彼方《かなた》に一行《いっこう》と共《とも》に去《さ》って行《い》き、弟子達《でしたち》も涙《なみだ》ながらにそれを見届《みとど》け、聖《ひじり》の後世《ごせ》を弔《とむら》った。それから七《しち》、八日《はちにち》して、坊《ぼう》の下仕《しもづか》えの法師《ほうし》たちが、念仏僧《ねんぶつそう》たちのために、風呂《ふろ》を沸《わ》かしてさしあげたいということで、燃料用《ねんりょうよう》の木《き》を集《あつ》めに奥山《おくやま》に入《はい》ったところ、遥《はる》か滝《たき》に枝《えだ》がかかった杉《すぎ》の木《き》の梢《こずえ》から、人《ひと》が叫《さけ》ぶ声《こえ》がする。何《なん》だろうと思《おも》って見《み》に行《い》くと、法師《ほうし》を裸《はだか》にして、梢《こずえ》に縛《しば》り付《つ》けてある。木登《きのぼ》りのうまい法師《ほうし》が登《のぼ》って確《たし》かめると、何《なん》と、極楽《ごくらく》に迎《むか》えられたはずの我《わ》が師《し》が、かずらに縛《しば》り付《つ》けられていた。「どうしてこのような目《め》に」と言《い》いながら、縄《なわ》をほどくと、聖《ひじり》は「今《いま》、お迎《むか》えにいらっしゃるところなのだ。それまでこうしておれ、と仏《ほとけ》がおっしゃったのに、なぜ縄《なわ》をほどく」と言《い》い、「阿弥陀仏《あみだぶつ》、私《わたし》を殺《ころ》そうとする者《もの》がおります。おうおう」と叫《さけ》ぶばかりで、弟子達《でしたち》が聖《ひじり》を坊《ぼう》へ連《つ》れて帰《かえ》ったが、正気《しょうき》に返《かえ》ることなく、二《に》、三日《さんにち》して死《し》んでしまった。智恵《ちえ》のない聖《ひじり》は、このように、天狗《てんぐ》に騙《だま》されてしまうのだ。

✿本話は、三二話「柿の木に仏現ずる事」、一〇四話「猟師が仏を射た話」と続いて来た異類の化かしがエスカレートした話である。三二話のくそとびや、一〇四話の狸の場合など、「わざわざ見顕《みあらわ》さなくてもよかったのかなあ」という思いが、多少よぎる内容だったが、本話のような悲惨な例を見ると、やはり人をたぶらかそうとしている物は見顕し、排除せねば危険な場合があるのだと気付かされる。

教訓書仕立ての説話集『十訓抄《じっきんしょう》』では、本話と非常に近い内容の説話を語った後、「しかるべき人が、相手の心の程度を測ろうとして、本心を見せず、あれこれ思いをめぐらして、試してくることがある。そういう時には、失敗せぬよう、用心深く対応し、人があざむこう、だまそうとしているのではないかと、よくよく考えるべきだ」と言う。この説話から、こういう処世訓を導き出すのは、いかにも教訓書の語り口、という気もするが、自分が試されているのではないか、場合によってはだまされようとしているのではないか、と疑ってかかる気持ちを忘れてはいけない、というのは、現実の大人の社会では当たり前の身の処し方である。しかし、そういう考え方を、我々読者が聖《ひじり》たちに対してあてはめないのは、問題が宗教に関することだからである。宗教には、純粋に信じる気持ちも必要だろうと思うからだ。しかし、「私はもっと評価されてもよい」という気持ちにつけ込んで来る、天狗《てんぐ》の類《たぐい》にだまされないためにも、宗教者は慢心に慎まねばならない。

そうしてみると、天狗の類は、宗教に励む人々にとって、警戒せねばならない自らの内部にある慢心を、外から攻撃してくる「他者」として、バーチャルに表している存在だったととらえることができるのである。

◆一八四話「御堂関白《みどうかんぱく》の飼《か》い犬《いぬ》の超能力《ちょうのうりょく》の話《はなし》」

これも今《いま》は昔《むかし》、御堂関白藤原道長公《みどうかんぱくふじわらのみちながこう》が、法成寺《ほうじょうじ》を建立《こんりゅう》なさって後《のち》は、毎《まい》日御堂《にちみどう》においでになっていた。道長公《みちながこう》は白《しろ》い犬《いぬ》をかわいがっておられたので、犬はいつも御身離《おんみはな》れずお供《とも》していた。ある日《ひ》、いつものように御堂《みどう》へお供《とも》したが、道長公《みちながこう》が門《もん》から入《はい》ろうとなさると、この犬《いぬ》が進行方向《しんこうほうこう》をふさぐように吠《ほ》え回《まわ》り、中《なか》へ入《い》れ申《もう》すまいとしたので、道長公《みちながこう》は「別《べつ》に何《なん》でもあるまい」と、車《くるま》から下《お》りて、寺《てら》の中《なか》に入《はい》ろうとなさったので、犬《いぬ》はお召《め》し物《もの》の裾《すそ》をかじって、引《ひ》きとめ申《もう》し上《あ》げようとする。道長公《みちながこう》は「きっと、何《なに》か事情《じじょう》があるのだろう」と思《おも》われて、榻《しじ》（牛車《ぎっしゃ》の前方《ぜんぽう》の横棒《よこぼう》である轅《ながえ》を置《お》く台《だい》）を持《も》ってこさせ、腰掛《こしか》けられると、安倍晴明《あべのせいめい》に「すぐ参上《さんじょう》せよ」とお召《め》しの使者《ししゃ》を遣《つか》わされ、晴明《せいめい》はすぐさま参上《さんじょう》した。

❖これも今《いま》は昔《むかし》、御堂関白殿《みだうくわんばくどの》、法成寺《ほふじやうじ》を建立《こんりふ》し給《たま》ひて後《のち》は、日《ひ》ごとに御堂《みだう》へ参《まゐ》らせ給《たま》ひけるに、白《しろ》き犬《いぬ》を愛《あい》してなん飼《か》はせ給《たま》ひければ、いつも御身《おんみ》を離《はな》れず、御供《おんとも》しけり。ある日《ひ》、例《れい》のごとく御供《おんとも》しけるが、門《もん》を入《い》らんとし給《たま》へば、この犬《いぬ》、御先《おんさき》にふたがるやうに吠《ほ》えまはりて、内《うち》へ入《い》れ奉《たてまつ》らじとしければ、「何条《なんでふ》」とて、車《くるま》より下《お》りて、入《い》らんとし給《たま》へば、御衣《おんぞ》の裾《すそ》をくひて、引《ひ》きとどめ申《まう》さんとしければ、「いかさま、やうある事《こと》ならん」とて、榻《しぢ》を召《め》し寄《よ》せて、御尻《おんしり》をかけて、晴明《せいめい》に「きと参《まゐ》れ」と召《め》しに遣《つか》はしたりければ、晴明《せいめい》、すなはち参《まゐ》りたり。

「これこれの事《こと》があったが、なぜか」と道長公《みちながこう》が晴明《せいめい》にお尋《たず》ねになると、晴明《せいめい》はしばらく占《うらな》って後《のち》、「これは君《きみ》を呪《のろ》い申《もう》し上《あ》げます物《もの》を、道《みち》に埋《う》めてあるためです。上《うえ》を通《とお》られましたら悪《わる》うございましたが、犬《いぬ》は神通力《じんつうりき》を持《も》っているので、お知《し》らせしたのです」と申《もう》し上《あ》げる。道長公《みちながこう》が晴明《せいめい》に「それで、私《わたし》を呪《のろ》おうという物《もの》は、どこに埋《う》めてある。明《あき》らかにせよ」とおっしゃるので「たやすい事《こと》です」と申《もう》し上《あ》げ、しばらく占《うらな》って「ここにございます」と申《もう》し上《あ》げるところを、掘《ほ》らせて御覧《ごらん》になると、土《つち》を一五〇《ひゃくごじっ》センチメートルほど掘《ほ》ったところに、思《おも》ったとおり物《もの》が埋《う》まっていた。素焼《すや》きの小皿《こざら》二《ふた》つを向《む》かい合《あ》わせにして、黄色《きいろ》いこよりで十文字《じゅうもんじ》に結《むす》んである。開《あ》けてみると、中《なか》には何《なに》もない。赤《あか》い砂《すな》で、一《いち》の字《じ》を小皿《こざら》の底《そこ》に書《か》いてあるだけだった。

「このまじないは、私晴明《わたしせいめい》のほかに知《し》っている者《もの》はおりません。いや、道《どう》摩法師《まほうし》が致《いた》しました事《こと》かも知《し》れません、早速究明《さっそくきゅうめい》してみましょう」と言《い》って、懐《ふところ》から紙《かみ》を取《と》り出《だ》し、鳥《とり》の形《かたち》に折《お》り、呪文《じゅもん》を唱《とな》えかけて空《そら》に投《な》げ上《あ》げると、見《み》る間《ま》に白鷺《しらさぎ》になって、南《みなみ》を目指《めざ》して飛《と》んで行《い》った。「この鳥《とり》が降《お》りて行《い》った先《さき》を見《み》て参《まい》れ」と命《めい》じて、晴明《せいめい》が部下《ぶか》を走《はし》らせると、白鷺《しらさぎ》は六《ろく》条坊門《じょうぼうもん》、萬里小路《までのこうじ》あたりの古《ふる》い家《いえ》の、蝶番《ちょうつがい》でつないでたためるようにした戸《と》が、左右《さゆう》に開《ひら》く、（簡素《かんそ》な）入口《いりぐち》の邸《やしき》に降下《こうか》して行《い》った。その家《いえ》の主《ぬし》は年老《としお》いた法師《ほうし》だったが、それを縛《しば》って連《つ》れて来《き》た。なぜ呪詛《じゅそ》したのかをお聞《き》きになると「堀河左大臣藤原顕光公《ほりかわさだいじんふじわらのあきみつこう》に語《かた》らわれて致《いた》しました」と申《もう》し上《あ》げた。「事情《じじょう》が分《わ》かった上《うえ》は、流罪《るざい》にすべきところだが、道摩《どうま》が悪《わる》いわけではない」とおっしゃって、「今後《こんご》、こういう事《こと》をしてはならない」と申《もう》し渡《わた》して、本国播磨《ほんごくはりま》に追放《ついほう》なさった。
この顕光公《あきみつこう》は、死後《しご》に悪霊《あくりょう》となって、道長公《みちながこう》の周辺《しゅうへん》に祟《たた》りをなされ、悪霊《あくりょう》の左府《さふ》と呼《よ》ばれたという。犬《いぬ》のことを、道長公《みちながこう》はいよいよかわいがりなさったということだ。

❖「晴明《せいめい》がほかには、知《し》りたる者候《ものさうら》はず。もし、道摩法師《だうまほふし》や仕《つかうまつ》りたるらん。紅《ただ》して見候《みさうら》はん」とて、懐《ふところ》より紙《かみ》を取《と》り出《い》だし、鳥《とり》の姿《すがた》に引《ひ》き結《むす》びて、呪《じゆ》を誦《ず》んじかけて、空《そら》へ投《な》げ上《あ》げたれば、たちまちに白鷺《しらさぎ》になりて、南《みなみ》をさして飛《と》びけり。「この鳥《とり》の落《お》ち着《つ》かん所《ところ》を見《み》て参《まゐ》れ」とて、下部《しもべ》を走《はし》らするに、六条坊門《ろくでうばうもん》、万里小路《までのこうぢ》辺《へん》に、古《ふ》りたる家《いへ》の諸折戸《もろをりど》の中《なか》へ落《お》ち入《い》りにけり。すなはち家主《いへぬし》、老法師《らうほふし》にてありける、搦《から》め捕《と》りて参《まゐ》りたり。呪詛《しゆそ》のゆゑを問《と》はるるに、「堀河左大臣顕光公《ほりかはさだいじんあきみつこう》の語《かた》りを得《え》て仕《つかうまつ》りたり」とぞ申《まう》しける。「この上《うへ》は、流罪《るざい》すべけれども、道摩《だうま》が咎《とが》にはあらず」とて、「向後《きやうこう》、かかるわざすべからず」とて、本国播磨《ほんごくはりま》へ追《お》ひ下《くだ》されにけり。

この顕光公《あきみつこう》は、死後《しご》に怨霊《をんりやう》となりて、御堂殿辺《みだうどのへん》へはたたりをなされけり。悪霊左《あくりやうのさ》府《ふ》と名付《なづ》く云々《うんぬん》。犬《いぬ》はいよいよ不便《ふびん》にせさせ給《たま》ひけるとなん。

✽法成寺《ほうじょうじ》は、摂関政治の全盛期を実現させた藤原道長《ふじわらのみちなが》が、現京都市上京区《かみぎょうく》に建立した壮大な寺。一〇一九年に出家した道長が、阿弥陀堂を建立して無量寿院《むりょうじゅいん》と名づけたのに始まる。晩年の道長はこの寺に住み、最期を迎えた。道長を御堂関白《みどうかんぱく》と称するのも、この寺を創建したことに由来する。

道長の子頼通《よりみち》は足長丸《あしおさまる》という犬、その子師実《もろざね》は手長丸《ておさまる》という「白毛の犬」をかわいがり、外出の時に伴っていた（『中外抄《ちゅうがいしょう》』）。後白河《ごしらかわ》院皇子守覚法親王《しゅかくほっしんのう》が著した『右記《うき》』には、飼う動物にふさわしいものとして、鶏と犬を挙げ、鶏は家の吉凶を告げ、犬が起こした奇跡は三国、すなわちインド・中国・日本に様々な例があると記す。そして、道長が幼少の頃から好んで犬を飼っており、その習慣を高位高官になってからも改めなかったので、世間は批判的だったが、として、本話と同じ逸話を記している。

道長の娘彰子《しょうし》は、一条天皇の中宮となり、所生の皇子は後一条・後朱雀天皇となった。道長は二代の天皇の外祖父になったのである。一方の堀河左大臣顕光《ほりかわさだいじんあきみつ》は、藤原兼《ふじわらのかね》通《みち》の子で、道長の従兄弟。顕光は、娘元子《げんし》を一条《いちじょう》天皇、延子《えんし》を三条《さんじょう》天皇皇子 敦明親《あつあきらしん》王《のう》の後宮に入れたが、元子は無事に子を産めず、後には密通事件があり、怒った顕光が尼にしてしまった。その妹の延子は、敦明《あつあきら》親王との間に複数の子も儲けたが、敦明親王は、敦良《あつなが》親王（後の後朱雀天皇）の立太子を望む道長の圧迫にたえられず、皇太子を辞退して小一条院《こいちじょういん》となると、同じ年に道長の娘寛子《かんし》と結婚して、道長の聟《むこ》になってしまう。こうして二人の娘の行く手を阻《はば》まれる格好になった顕光は、道長に深い怨みを持ったとされる。

安倍晴明《あべのせいめい》（九二一～一〇〇五）は、平安時代中期の陰陽家。陰陽・暦《れき》・天文に通じ、『占事略決《せんじりやくけつ》』の著者。『宇治拾遺物語』には二六話「晴明、蔵人少将を封ずる事」、一二六話「晴明を試る僧の事」、一二七話「晴明、蛙を殺す事」とあわせ、四回登場する。『大鏡《おおかがみ》』で、秘かに内裏《だいり》を抜け出して花山寺《はなやまでら》に向かう花山《かざん》天皇が、晴明の邸《やしき》前を通り過ぎた際、晴明の使っていた式神《しきがみ》（陰陽師が使役する鬼神）が「今ここを通られました」と言った逸話は特に有名。実際には、法成寺が建立された時、晴明は既に故人である。

道摩《どうま》法師は道満とも言い、播磨《はりま》の国《くに》出身。一条天皇時代の陰陽道の大家《たいか》として、晴明と並び称せられた。演劇の世界では蘆屋《あしや》道満《どうまん》と称され、竹田《たけだ》出雲《いずも》作の浄瑠璃『蘆屋道満大内鑑《おおうちかがみ》』はその代表格。なお、道摩法師の他にも、智《ち》徳《とく》法師など、播磨の国は有名な民間陰陽師を幾人も輩出している。一二六話「晴明を試る僧の事」で晴明のもとに来る陰陽道を操る老僧や、一四〇話「内記《ないき》上人、法師陰陽師の紙冠《かみこうぶり》を破る事」の法師陰陽師も、やはり播磨の国の人物で、播磨の国は陰陽師の本場というイメージも形成されていた。

◆一九四話「仁戒上人《にんかいしょうにん》が極楽往生《ごくらくおうじょう》した話《はなし》」

これも今《いま》は昔《むかし》、奈良《なら》に、仁戒上人《にんかいしょうにん》という人《ひと》がいた。興福寺《こうふくじ》の僧《そう》である。その学識《がくしき》は興福寺内《こうふくじない》で傑出《けつしゅつ》していた。だが急《きゅう》に、本当《ほんとう》の仏道《ぶつどう》に志《こころざ》す気持《きも》ちが起《お》こり、寺《てら》を出《で》ようとした。しかし時《とき》の別当興正僧都《べっとうこうしょうそうず》は、仁戒《にんかい》が寺《てら》を離《はな》れるのをひどく惜《お》しみ、強《つよ》く慰留《いりゅう》してお出《だ》しにならない。

どうしようもなくて、仁戒《にんかい》は、興福寺《こうふくじ》の西《にし》の里《さと》のある人《ひと》の娘《むすめ》を妻《つま》にして通《かよ》ったので、人々《ひとびと》がだんだんと噂《うわさ》をするようになった。（自分《じぶん》の堕落《だらく》ぶりを）もっと人《ひと》に広《ひろ》く知《し》らせようとして、仁戒《にんかい》は家《いえ》の門《もん》のところで、この娘《むすめ》の首《くび》に抱《だ》きついて、後《うし》ろに立《た》っていた。通行《つうこう》の人《ひと》たちはこれを見《み》て驚《おどろ》きあきれ、情《なさ》けながることこの上《うえ》なかった。仁戒《にんかい》は自分《じぶん》が無用《むよう》な者《もの》になってしまったのだと、人々《ひとびと》に知《し》らせようとしたのだ。

❖しわびて、西《にし》の里《さと》なる人《ひと》の女《むすめ》を、妻《め》にして通《かよ》ひければ、人々《ひとびと》やうやうささやきたちけり。人《ひと》にあまねく知《し》らせんとて、家《いへ》の門《もん》に、この女《むすめ》の頸《くび》に抱《いだ》きつきて、後《うし》ろに立《た》ち添《そ》ひたり。行《ゆ》き通《とほ》る人見《ひとみ》て、あさましがり、心憂《こころう》がること限《かぎ》りなし。いたづら者《もの》になりぬと人《ひと》に知《し》らせんためなり。

西《にし》の里《さと》の人《ひと》の娘《むすめ》を妻《つま》として通《かよ》う仁戒《にんかい》だが、この妻《つま》と連《つ》れ添《そ》っていながら、実《じつ》は全《まった》くそばに近付《ちかづ》くことはなく、堂《どう》に入《はい》って、夜通《よどお》し眠《ねむ》らず、涙《なみだ》を落《お》としながら修行《しゅぎょう》した。このことを別当僧都《べっとうそうず》が耳《みみ》にして、いよいよ尊《とうと》んで呼《よ》び戻《もど》そうとするので、どうにも仕《し》方《かた》なくなり、そこからも逃《に》げ、葛　下郷《かづらきのしものさと》（現奈良県北葛城郡《げんならけんきたかつらぎぐん》）の郡司《ぐんじ》の聟《むこ》になった。今回《こんかい》は、数珠《じゅず》などもわざと持《も》たないようにして、ただ、心《こころ》の中《なか》の仏道心《ぶつどうしん》はいよいよ固《かた》めて修行《しゅぎょう》するのだった。しかし今度《こんど》は、添下郡《そえしもぐん》（現奈良県生駒郡《げんならけんいこまぐん》）の郡司《ぐんじ》が、仁戒《にんかい》に注目《ちゅうもく》して深《ふか》く尊崇《そんすう》し、仁戒《にんかい》がどこと定《さだ》めず修行《しゅぎょう》してまわるのについて、食《た》べ物《もの》や入浴《にゅうよく》などの世話《せわ》をした。仁戒《にんかい》が理由《りゆう》を尋《たず》ねると、郡司《ぐんじ》は「ただ尊《とうと》く思《おも》うので、こうしてお仕《つか》えしているだけです。ところで、一《ひと》つだけうかがいたいことがあります」と言《い》うので、「何事《なにごと》か」と言《い》うと、「御臨終《ごりんじゅう》の場《ば》に、どうやったら立《た》ち会《あ》えるでしょう」と言《い》うので、仁戒《にんかい》は、あたかも自分《じぶん》の気持《きも》ち一《ひと》つでどうにでもできるかのように、「それはたやすい事《こと》だろう」と答《こた》えたので、郡司《ぐんじ》は手《て》をすって感激《かんげき》した。

それから何年《なんねん》かが過《す》ぎ、ある冬《ふゆ》の、雪《ゆき》の降《ふ》る夕暮《ゆうぐ》れ時《どき》に、上人《しょうにん》は郡司《ぐんじ》の家《いえ》に来《き》た。郡司《ぐんじ》は喜《よろ》び、いつものように、召《め》し上《あ》がりものなどを、下人《げにん》たちに準備《じゅんび》させるのではなく、夫婦《ふうふ》自《みずか》ら、用意《ようい》して召《め》し上《あ》がらせた。仁戒《にんかい》は湯《ゆ》など浴《あ》びて休《やす》んだ。翌朝《よくあさ》はまた、郡司《ぐんじ》夫婦《ふうふ》が早起《はやお》きして、いろいろな召《め》し上《あ》がりものを用意《ようい》したが、上人《しょうにん》が休《やす》んでいらっしゃる部屋《へや》の方《ほう》が、よい香《かお》りのすることこの上《うえ》なかった。その香《かお》りは家中《いえじゅう》に充満《じゅうまん》した。「これは仏《ほとけ》に奉《たてまつ》る特別《とくべつ》なお香《こう》など焚《た》いておられるのだろう」と思《おも》っていた。仁戒《にんかい》は「明朝《みょうちょう》早《はや》く出発《しゅっぱつ》する」とおっしゃっていたが、すっかり夜《よ》が明《あ》けるまで起《お》きていらっしゃらない。郡司《ぐんじ》は「お粥《かゆ》ができました。その旨《むね》、申《もう》し上《あ》げて」とお弟子《でし》に言《い》うと、お弟子《でし》は「怒《おこ》りっぽい先生《せんせい》なので、声《こえ》のかけ方《かた》が悪《わる》いとぶたれてしまいます。そのうちご自分《じぶん》で起《お》きていらっしゃるでしょう」と言《い》って、そのままにしていた。

❖さて、年《とし》ごろ過《す》ぎて、ある冬《ふゆ》、雪降《ゆきふ》りける日《ひ》、暮《く》れ方《がた》に、上人《しやうにん》、郡司《ぐんじ》が家《いへ》に来《き》ぬ。郡司《ぐんじ》喜《よろこ》びて、例《れい》の事《こと》なれば、食物《じきもつ》、下人《げにん》どもにも営《いとな》ませず、夫婦《ふうふ》手《て》づからみづからして召《め》させけり。湯《ゆ》など浴《あ》みて、臥《ふ》しぬ。暁《あかつき》はまた、郡司夫妻《ぐんじふさい》とく起《お》きて、食物《じきもつ》、種々《くさぐさ》に営《いとな》むに、上人《しやうにん》の臥《ふ》し給《たま》へる方《かた》、香《かう》ばしきこと限《かぎ》りなし。匂《にほ》ひ一家《ひといえ》に充《み》満《み》てり。「これは名香《みやうがう》など焼《た》き給《たま》ふなめり」と思《おも》ふ。「暁《あかつき》はとく出《い》でん」とのたまひつれども、夜明《よあ》くるまで起《お》き給《たま》はず。郡司《ぐんじ》、「御粥《おんかゆ》出《い》で来《き》たり。このよし申《まう》せ」と御弟子《みでし》に言《い》へば、「腹悪《はらあ》しくおはする上人《しやうにん》なり。悪《あ》しく申《まう》して打《う》たれ申《まう》さん。今起《いまお》き給《たま》ひなん」と言《い》ひてゐたり。

そうこうしているうちに日《ひ》も上《のぼ》ってきたので、「いつもはこれほど長《なが》くお休《やす》みでないのに、おかしい」と思《おも》い、郡司《ぐんじ》が部屋《へや》のそばに行《い》って声《こえ》をかけてみたが、返事《へんじ》がない。戸《と》を開《あ》けてみると、西《にし》に向《む》かい、姿勢《しせい》を正《ただ》し手《て》を組《く》んで、既《すで》に亡《な》くなっていらした。郡司《ぐんじ》夫婦《ふうふ》や弟子《でし》たちは悲《かな》しんで泣《な》き、一方《いっぽう》では見事《みごと》な死《し》に様《ざま》を尊《とうと》み拝《おが》んだ。「早《そう》朝《ちょう》によい香《かお》りがしていたのは、極楽《ごくらく》の迎《むか》えのしるしだったのだ」と思《おも》い合《あ》わせ、「臨《りん》終《じゅう》に立《た》ち合《あ》いたいと以前《いぜん》申《もう》し上《あ》げたので、自《みずか》ら出向《でむ》いて来《き》て下《くだ》さったのだ」と、郡司《ぐんじ》は泣《な》く泣《な》く葬儀《そうぎ》のことも手配《てはい》したのだった。

✻一四三話「僧賀《そうが》上人、三条の宮に参り振舞《ふるまい》の事」に登場する僧賀は、真の仏道心を求める思いが強く、第二の世俗と化しつつあった比叡山《ひえいざん》を離れようと、宮中での儀式の際、様子のおかしい行動をとり、周囲がどよめく中、それをきっかけに籠居《ろうきょ》、遁《とん》世《せい》したことで有名である（『発心集《ほっしんしゅう》』）。仁戒《にんかい》も僧賀も、あまりにも優秀だったので、こうでもしないと大寺院の組織から抜けられなかったのだ。五九話「三河《みかわ》の入道が遁世した話」の大江定基《おおえのさだもと》が振り切らねばならなかったのは、自分の中にある弱い部分だったが、仁戒や僧賀は、それを「捏造《ねつぞう》」してまで、俗界との縁を振り切ろうとした。自分の中にあるあさましい部分を人前で確認しようとした大江定基の姿勢が「露悪」なら、仁戒や僧賀のしたことは「偽悪」である（益田勝実）。

自らの往生のタイミングをかねて知ることができる、というのは、すぐれた宗教者の起こす奇跡の一つ。郡司が見込んだ通り、仁戒は極楽往生を遂げたに違いない尊い仏教者だったわけだが、最後に「葬儀」に言及していることは注意される。この当時、「けがれ」という発想は世の中全体を覆っており、中でも死のけがれは、悪い影響があるとして恐れられ、周囲に様々な支障をもたらした。例えば現在なら、お寺はお葬式の会場になることも多く、そこには一定時間、死者も横たわることになるが、この当時は、聖なる場であるお寺の中心的建物に、遺体を安置することは原則としてなかった。神聖な道場だからこそ、死のけがれを寺に持ちこませないものだったのだ。また、当時の葬儀は、自分の人脈と財力で、周囲の協力をとりつける、というやり方だったので、遺族にそれらの力がないと考えられる場合、葬儀の手数を省くために、自らいわゆる墓地に出向いて死ぬ人もいたほどだった。

こうした状況の中で、仁戒は世話になった郡司の家に、死ぬためにやって来る。仁戒は自分の死によって郡司の邸《やしき》がけがれ、葬送のわずらいが発生することは当然分かっていただろうが、そのわずらいを越える貴重な経験を、郡司夫婦にさせてやりたくて、自らやって来たのだ。本話の最後に「葬儀」のことが記されることで、これらのわずらいを背負ってでも仁戒の往生に立ち合えたことに感動する郡司、そのわずらいを知っていても往生の奇跡に立ち合わせたかった仁戒の、それぞれの思いがより鮮明になるのである。

◆一九七話「盗跖《とうせき》と孔子《こうし》とが問答《もんどう》した話《はなし》」

これも今《いま》は昔《むかし》、中国《ちゅうごく》に柳下恵《りゅうかけい》という人《ひと》がいた。世《よ》の賢人《けんじん》で、人々《ひとびと》から重《おも》んじられていた。その弟《おとうと》に盗跖《とうせき》という者《もの》がいた。奥深《おくぶか》い山《やま》の窪地《くぼち》をねぐらにして、多《おお》くの悪《わる》い者《もの》たちを招《まね》き集《あつ》めては自分《じぶん》の仲間《なかま》とし、人《ひと》のものを自分《じぶん》のものとしていた。出歩《である》く時《とき》は、この悪人《あくにん》たちを連《つ》れること、二《に》、三千《さんぜん》人《にん》に及《およ》んだ。道《みち》で出会《であ》う人《ひと》を傷《きず》つけ、恥《はじ》をかかせ、よくない事《こと》の限《かぎ》りを好《この》んで過《す》ごしていた。ある日《ひ》、柳下恵《りゅうかけい》が道《みち》を歩《ある》いて行《い》くと、向《む》こうから孔子《こうし》が来《き》た。「どこにいらっしゃるのか。これから参上《さんじょう》して申《もう》し上《あ》げたいと思《おも》う事《こと》があったのだが、丁度良《ちょうどよ》いところでお目《め》にかかれた」といった。柳下《りゅうか》恵《けい》は「どのような事《こと》でしょう」と尋《たず》ねる。

❖これも今《いま》は昔《むかし》、唐《もろこし》に柳下恵《りうかけい》といふ人《ひと》ありき。世《よ》の賢《かしこ》き者《もの》にして、人《ひと》に重《おも》くせらる。その弟《おとと》に盗跖《たうせき》と云《い》ふ者《もの》あり。一《ひと》つの山懐《やまふところ》に住《す》みて、もろもろの悪《あ》しき者《もの》を招《まね》き集《あつ》めて、おのが伴侶《はんりよ》として、人《ひと》の物《もの》をば我《わ》が物《もの》とす。ありく時《とき》は、この悪《あ》しき者《もの》どもを具《ぐ》すること、二《に》、三千人《さんぜんにん》なり。道《みち》に会《あ》ふ人《ひと》を滅《ほろ》ぼし、恥《はぢ》を見《み》せ、よからぬ事《こと》の限《かぎ》りを好《この》みて過《す》ぐすに、柳下恵《りうかけい》、道《みち》を行《ゆ》く時《とき》に、孔子《くじ》に逢《あ》ひぬ。「いづくへおはするぞ。みづから対面《たいめ》して聞《き》こえんと思《おも》ふ事《こと》のあるに、かしこく会《あ》ひ給《たま》へり」と言《い》ふ。柳下恵《りうかけい》、「いかなる事《こと》ぞ」と問《と》ふ。

「お教《おし》え申《もう》したいと思《おも》ったのは、あなたが弟《おとうと》の悪事《あくじ》を、どうしてお止《と》めにならないのかについてだ」と孔子《こうし》がいうと、柳下恵《りゅうかけい》は「私《わたし》が申《もう》す事《こと》を、あれは、とても聞《き》き入《い》れません。だから、歎《なげ》きながらも年月《としつき》を送《おく》っているのです」という。孔子《こうし》が「では、私《わたし》が行《い》って、あなたの弟《おとうと》盗跖《とうせき》を教《おし》え導《みちび》こう」と言《い》うと、柳下恵《りゅうかけい》は「絶対《ぜったい》にいらっしゃるべきではない。どんなすばらしい言葉《ことば》を尽《つ》くしてお教《おし》えになっても、従《したが》うような手《て》合《あ》いではありません。却《かえ》ってよくない事《こと》が起《お》きるに決《き》まっています」という。しかし孔子《こうし》は「悪人《あくにん》だとはいっても、人《ひと》として生《う》まれた者《もの》は、自然《しぜん》と、よい事《こと》を言《い》ったのに対《たい》して、従《したが》う事《こと》もあるものだ。人《ひと》のことを、悪《わる》い奴《やつ》に違《ちが》いない、と思《おも》い込《こ》むのはまちがいだ。弟《おとうと》を教えて見《み》せ申《もう》し上《あ》げよう」と言《い》い放《はな》って、盗跖《とうせき》のもとにいらっしゃるのだった。

盗跖《とうせき》の栖《すみか》に行《い》ってみると、盗跖《とうせき》は「有名《ゆうめい》な奴《やつ》が何《なん》の用《よう》だ。話《はなし》が気《き》に入《い》れば採用《さいよう》するし、気《き》に入《い》らなければ肝膾《きもなます》にして内臓《ないぞう》を切《き》り刻《きざ》んでやる」という。その様子《ようす》は、頭髪《とうはつ》が逆立《さかだ》ち乱《みだ》れ、目《め》はぎょろぎょろとし、鼻息《はないき》が荒《あら》く、牙《きば》を噛《か》み、髭《ひげ》がそりかえっていた。以前《いぜん》から噂《うわさ》に聞《き》いていたが、これほど怖《おそ》ろしい風体《ふうてい》のものとは思《おも》っていなかった。肝《きも》も心《こころ》も砕《くだ》けんばかりに身震《みぶる》いされたが、ぐっとこらえて、「人《ひと》がこの世《よ》に存在《そんざい》するには、道理《どうり》を尊重《そんちょう》するものです。ほしいままに悪事《あくじ》をはたらくのでは、最後《さいご》はよくない結果《けっか》になるものです。だから、人《ひと》は善《ぜん》に従《したが》うのがよいのです。それを守《まも》るべきだと思《おも》って参《まい》りました」と言《い》った。すると盗跖《とうせき》は、雷《かみなり》のような声《こえ》で笑《わら》い「お前《まえ》の言《い》う事《こと》は一《ひと》つも当《あ》たっていない」として、以下《いか》のような蕩々《とうとう》たる演説《えんぜつ》をぶつ。「なぜなら、昔《むかし》、堯《ぎょう》・舜《しゅん》という（天下《てんか》を徳《とく》で治《おさ》めた）聖帝《せいてい》がいたが、今《いま》その子孫《しそん》は、針刺《はりさ》すほどの狭《せま》い領地《りょうち》さえ治《おさ》めていない。昔《むかし》から賢人《けんじん》といえば伯夷《はくい》・叔斉《しゅくせい》だ。しかし（諫《いさ》めた周《しゅう》の武王《ぶおう》が天下《てんか》を統一《とういつ》すると)、二人《ふたり》は首陽山《しゆようざん》で飢《う》え死《じ》にした。また、お前《まえ》は(最愛《さいあい》の)弟子《でし》の顔回《がんかい》を見事《みごと》に教育《きよういく》したが、不幸《ふこう》で短命《たんめい》だった。同《おな》じく子路《しろ》という弟子《でし》は、(反乱軍《はんらんぐん》鎮定《ちんてい》の際《さい》)衛《えい》の門《もん》で殺《ころ》された。だから賢《かしこ》いからといって、立派《りつぱ》な未来《みらい》が開《ひら》けるわけではなく、俺《おれ》のように悪事《あくじ》を好《この》んでも、災《わざわ》いはやってこない。ほめられてもそしられても、四《し》、五日《ごにち》を過《す》ぎることもない。悪事《あくじ》も善事《ぜんじ》も、長《なが》く語《かた》られることはないのだ。だから、自分《じぶん》の好《この》みに従《したが》ってふるまうべきなのだ。」

そもそもお前《まえ》は、木《き》で作《つく》った冠《かんむり》、皮《かわ》で作《つく》った衣《ころも》を身《み》につけ、世間《せけん》や朝廷《ちようてい》を恐《おそ》れ申《もう》し上《あ》げて生《い》きているが、二度《にど》、魯《ろ》の国《くに》を追《お》い出《だ》され、足跡《そくせき》は衛《えい》によって抹消《まつしよう》された。どうして賢《かしこ》く考《かんが》えられないのだ。お前《まえ》のいう事《こと》はどれも愚《おろ》かだ。とっとと失《う》せろ。一《ひと》つも用《もち》いるところはない」と言《い》った。その時孔子《ときこうし》は二《に》の句《く》がつげず、座《ざ》を立《た》つと急《いそ》いで外《そと》に出《で》て馬《うま》にお乗《の》りになったが、よほど気後《きおく》れしたのか、手綱《たづな》を二度《にど》手放《てばな》してしまい、足《あし》を踏《ふ》みかける鐙《あぶみ》を何度《なんど》も踏《ふ》み損《そこ》なった。これを世《よ》の人《ひと》は「孔子倒《くじだお》れす」(孔子《こうし》のような立派《りつぱ》な人《ひと》でも失敗《しつぱい》することがある）といった。

❖汝《なむぢ》、また、木《き》を折《を》りて冠《かんむり》にし、皮《かは》を持《も》ちて衣《ころも》とし、世《よ》を恐《おそ》り、おほやけに怖《お》ぢ奉《たてまつ》るも、二《ふた》たび魯《ろ》に移《うつ》され、跡《あと》を衛《ゑい》に削《けづ》らる。など賢《かしこ》からぬ。汝《なむぢ》が言《い》ふ所《ところ》、誠《まこと》に愚《おろ》かなり。すみやかに、走《はし》り帰《かへ》りね。一《ひと》つも用《もちゐ》るべからず」と言《い》ふ時《とき》に、孔子《くじ》、また言《い》ふべきこと覚《おぼ》えずして、座《ざ》を立《た》ちて、急《いそ》ぎ出《い》でて、馬《うま》に乗《の》り給《たま》ふに、よく臆《おく》しけるにや、轡《くつわ》を二《ふた》たび取《と》りはづし、鐙《あぶみ》をしきりに踏《ふ》みはづす。これを世《よ》の人《ひと》、「孔子《くじ》倒《たふ》れす」と言《い》ふなり。

✽盗跖《とうせき》は、古代中国の大盗賊で、伝説の王黄帝《こうてい》の時代の人とも、魯《ろ》の賢人柳下恵《りゆうかけい》の弟で春秋時代（前八世紀から前五世紀にかけて）の人とも、始皇帝《しこうてい》のいた秦代《しん》（三世紀）の人とも言われる。

孔子《こうし》（前五五二もしくは前五五一～前四七九）は魯の国の人、儒教の祖。呉音《ごおん》で「くじ」とも読む。政策を説いて諸国を遊説したが採用されず、晩年は祖国で弟子の教育に専念した。『論語《ろんご》』の著者である。九〇話「帽子の翁、孔子と問答の事」では、年寄りに「お前の頑張りは人間の本性にかなっていない」と言われるが一切反論せず、拝礼して後ろ姿を見送った。一五二話「八歳の童、孔子問答の事」では、「日の沈む所と洛陽《らくよう》の都とどちらが遠い」と八歳の子どもに聞かれ、「日の出入りは見えるけれど、洛陽はここから見えないから、洛陽が遠い」との子どもの言い分に感心していた。どちらの説話でも、孔子の聡明さが相手を圧倒するのではなく、無名の老人や子どものすばらしさを率直に認める、立派なのだけれども、読者の予想とは異なる孔子が描かれている。

柳下恵は、春秋時代の魯の賢者で、字《あざな》は季《き》。孔子と大きく時代の離れた人で、孔子との組み合わせはフィクションである。

「孔子倒れ」は「弘法も筆の誤り」に意味が近く、『源氏物語《げんじものがたり》』胡蝶《こちょう》に「いとまめやかにことごとしきさまましたる人の、恋の山には孔子の倒れまねびつべき気色に」、とてもまじめでしかつめらしい様子の人が、恋の山には孔子の倒れそっくりの有様に、と見える他、様々な作品で用いられている。また源 為憲《みなもとのためのり》の故事成語の解説書『世俗《せぞく》諺文《げんぶん》』にも取り上げられている。

「現実の経験で揺らぐ程度の理想であってはいけない」という言い方があるが、一九七話は、あの孔子にしてからが、現実の経験で、理想が揺らいだ瞬間を写し取っている。帽子の翁や八歳の童の説話に相当するものも、また、本話に相当するものも、『今昔物語集《こんじゃくものがたりしゅう》』巻一〇に同文的同話が収められており、そこから導き出される孔子のイメージは両書で大きく異ならない。『今昔物語集』の場合、震旦《しんたん》すなわち中国にまつわる世俗の説話を集めたいが、必ずしも適切な資料が身の回りにない、といった資料的制約があったため、これらの説話を取り上げた可能性が考えられる（宮田尚）が、『宇治拾遺物語』の場合、どうしても三度孔子の説話を取り込まねばならない、作品内部からの要請はない。作品末尾などという目立つところに、孔子が完膚《かんぷ》なきまでに盗賊に言い負かされる説話が置かれていることには、やはり、正しいはずの考え方が、必ずしも貫きえないこの世の不条理が、編者によって示されているとみてよいだろう。

◆おわりに◆

冒頭一話の、道命《どうみよう》と和泉式部《いずみしきぶ》の話、ではなく、しがない道祖神の語りから始まった『宇治拾遺物語』、最後は今度こそ孔子《こうし》様がすっきり活躍するのかと思いきや、大盗賊盗跖《とうせき》に一方的にどなられて終わる。どちらも「この人が出て来たならてっきり」と思われる話の展開がずらされ、結局この説話から読者は何を受け取るべきなのか、考えないわけにはいかない説話から、『宇治拾遺物語』は始まり、そして終わる。日本・中国・インドの三国をまたにかけた一九七のお話の輪は、ここに、冒頭話と最終話がかちっと呼応して幕を閉じるのである。このように、作品の最初と最後に、何らかの意味で読者の予想を裏切る説話が置かれ、それらが照応する、というスタイルは、『宇治拾遺物語』の典拠——ネタ本の一つ、源顕兼《みなもとのあきかね》作『古事談《こじだん》』全六巻の各巻の巻頭巻末に見られ、なおかつ巻第六亭宅諸道の最終話の話題が、巻第一王道后宮に還流して、全体が円環をなす構造になっており、『宇治拾遺物語』

はこの作品から影響を受けたと考えられる。

今回、作品内部での説話の関係にも注意を払って読んでみた。『宇治拾遺物語』の編者が、読者に既視感を感じさせつつ、似ていながら違っている説話を意識的に織り交ぜ、作品世界を前に進めて行くのを、多少なりとも実感して頂けたと思う。その意味で『宇治拾遺物語』の全体は、たとえて言えば、螺旋《らせん》の円環になっている。あの登場人物が今度はこんな風に出て来たとか、さっき出て来た似た話が、今回はこう展開するのか、といったことを、半ばはしっかり、半ばはゆるく、意識しながら、それぞれの時代の読者は読み進めたことだろう。こうして作品全体は、同じようで違う、違うようで似ている、人の世の種々相を描いているのである。

『宇治拾遺物語』の説話には、現代では一般的でない、「古典独特」の世界も出て来る。例えば、夢のお告げや極楽往生を偏重する人や集団が、度々見られるのなどは、その一例である。しかし、我々が当時の価値観に合わせて読み進めねばならない、古典独特の側面を持つと同時に、それぞれの説話は、現代的な読みにたえうる論理的な骨格と、無駄のない表現とを持っている。いくつか思い出してみると、亀の恩返しで、なぜ亀はわざわざ恩人の実家を訪ねたのか。山頂の卒都婆《そとば》に血がついたらこの山は崩れて海の底になる、と言われていた説話は結局どうとらえたらよいのか。吉備真備《きびのまきび》らしき人物が国司の嫡男の夢を横取りした行為は、なぜ糺弾されなかったのか。——全体はゆるいお遊びのように語っていながら、「結局これはどういうことだったのだろう」と問い返すと、そこにはかなりしっかりした答えが、静かに埋め込まれている。かいなでるように読むことも、切り込むこともできる、こうした性質は、こと『宇治拾遺物語』だけではなく、説話文学全体の根底に流れていると、私は考えている。今回の『宇治拾遺物語』のショートトリップを一つのきっかけに、皆様が古典文学、中でも説話文学にいっそう親しみを持ち、読み進めて下さるなら、これに過ぎた喜びはない。

参考文献

【宇治拾遺物語のテキスト・注釈書】

市古貞次編『御所本うち拾遺物語　上下』（笠間影印叢刊。底本　宮内庁書陵部蔵写本）一九七三年　笠間書院

大島建彦校注　新潮日本古典集成『宇治拾遺物語』（底本　宮内庁書陵部蔵写本）一九八五年　新潮社

三木紀人・浅見和彦・中村義雄・小内一明校注　新日本古典文学大系『宇治拾遺物語　古本説話集』（底本　陽明文庫蔵写本）一九九〇年　岩波書店

小林保治・増古和子校注・訳　新編日本古典文学全集『宇治拾遺物語』（底本　宮内庁書陵部蔵無刊記古活字本）一九九六年　小学館

※その他、刊行予定の、小島孝之校注・訳　角川ソフィア文庫『新版　宇治拾遺物語　現代語訳付き』（底本　宮内庁書陵部蔵写本）ＫＡＤＯＫＡＷＡ　も参考

にしました。

【本書がふまえている筆者の著書・論考】

『院政期説話集の研究』一九九六年　武蔵野書院
『宇治拾遺物語のたのしみ方』二〇一〇年　新典社
『むかしがたりの楽しみ　宇治拾遺物語を繙く』（NHKカルチャーラジオ　文学の世界　テキスト）二〇一三年　NHK出版
「『宇治拾遺物語』の邸宅譚をめぐって」（『共立女子短期大学文科紀要』四一　一九九八年一月）
「父の作たる麦」（『中世の文学』附録32　二〇〇八年九月　三弥井書店）
「亀の恩返しと絵仏の帰還」（松尾葦江編『ともに読む古典　中世文学編』二〇一七年　笠間書院）

【参考文献】本書で言及した文献のうち、比較的入手しやすいものを掲げる。

荒木浩　『説話集の構想と意匠』二〇一二年　勉誠出版
岡見正雄『室町文学の世界――面白の花の都や』一九九六年　岩波書店

久保田淳『中世文学の時空』一九九八年　若草書房
『歌の花、花の歌』二〇〇七年　明治書院
柴佳世乃『読経道の研究』二〇〇四年　風間書房
島津忠夫「宇治拾遺物語の序文」（『島津忠夫著作集　第十巻　物語』二〇〇六年　和泉書院）
田口和夫『狂言論考――説話からの形成とその展開』一九七七年　三弥井書店
益田勝実「偽悪の伝統」（『益田勝実の仕事2』二〇〇六年　筑摩書房）
「古事談鑑賞」（浅見和彦編著『『古事談』を読み解く』二〇〇八年　笠間書院）
宮田尚『今昔物語集震旦部考』一九九二年　勉誠出版
山岡敬和『説話文学の方法』二〇一四年　新典社
吉田幸一「『宇治拾遺物語』序文偽撰考」（吉田幸一編『宇治大納言物語　伊達本上』一九八五年　古典文庫）

索引

（漢数字は説話番号、洋数字はコラムの番号を示す）

【説話番号索引】

ビギナーズ・クラシックス 日本《にほん》の古典《こてん》

宇《う》治《じ》拾《しゆう》遺《い》物《もの》語《がたり》

伊《い》東《とう》玉美《たまみ》＝編

平成29年 9月25日　初版発行
令和7年 4月5日　22版発行

発行者●山下直久

発行●株式会社KADOKAWA
〒102-8177　東京都千代田区富士見2-13-3
電話　0570-002-301（ナビダイヤル）

角川文庫 20553

印刷所●株式会社KADOKAWA
製本所●株式会社KADOKAWA

表紙画●和田三造

●お問い合わせ
https://www.kadokawa.co.jp/（「お問い合わせ」へお進みください）
※内容によっては、お答えできない場合があります。
※サポートは日本国内のみとさせていただきます。
※Japanese text only

ISBN978-4-04-400245-9　C0193

◆◇◇